KB184005

뜀틀, 넘기

박찬희 장편소설

뜀틀, 넘기

한끼
Han-kke

나의 친구들에게

그리고
대한민국의 모든 1997년생들에게

차례

1

바움의 짧은 두 다리가 계단 앞에서 멈춰 섰다. 분주히 곁을 지나는 또래 아이들보다 한눈에도 작은 그림자가 뒤로 누웠다. 바움은 내려가는 방향의 계단을 물끄러미 바라봤다. 그러고는 바깥으로 45도 기울어진 오른발에 힘을 주어 왼발과 나란하게 만들었다. 겨우 계단 한 칸을 내려가기 전에 제 각도로 되돌아가겠지만.

잡고 싶지 않았지만, 어쩔 수가 없었다. 바움은 손을 뻗어 계단 옆 난간을 잡았다. 온몸이 긴장으로 굳었다. 중학교는 초등학교보다 모든 계단이 높았다. 잠깐 집중을 안 하면 앞으로 구를 수도 있겠다는 생각이 들었다. 입학 선물로 받은 운동화는 일부러 발보다 훨씬 더 큰 사이즈를 골랐다. 엄마는 온몸에 무리가 갈 거라며 안 된다고 했지만, 작은 발을 그대로 드러내는 것보다는 견딜 만할 것 같았다. 그런데도 계단을 겨우 한 칸 디디며 바움은 벌써 조금은 후회가 되기 시작했다. 한 사이즈만 작은 걸로 살걸 그랬나.

그러니까 딴생각을 하지 말아야 했는데. 순간, 제멋대로 돌아간 오른발이 계단을 제대로 디디지 못하고 바깥쪽으로 꺾일 뻔했다. 난간을 잡은 손에 힘이 꽉 들어갔다. 계단을 타고 미끄러진 신발의 뒤축이 겨우 바닥에 닿았다.

"괜찮아?"

가장 많이 듣는 말. 바움에게로 향하는 목소리가 허리춤이나 보이는 아이들의 사이를 뚫고 들려왔다. 예상치 못한 손이 바움의 어깨를 가볍게 움켜쥐었다. 반사적으로 바움은 어깨를 털어내며 몸을 앞으로 빼내었다. 뒤로 올려 묶은 긴 머리카락이 제각각 앞으로 흩어져 내렸다.

"괜찮아."

그리고 가장 많이 하는 말. 바움은 가끔 궁금했다. 그들이 원하는 '괜찮다'라는 대답을 하지 않으면, 사람들은 어떻게 반응할까. 바움에게 정말 필요한 말과 행동을 해줄 수 있다는 뜻일까?

"너도 우리 반이지? 체육관 가는 거지? 같이 가자."

또 다른 목소리가 앞으로 치고 나왔다. 악보에 그리자면 둘 다 바움의 목소리보다 높은 음계에 위치할 것 같은 소리였다.

"아니, 먼저 가."

그들을 바라보는 대신 반대로 얼굴을 돌린 채 바움이 난간 쪽으로 조금 움직였다. 별다른 공간이 더 생기진 않았지만, 거절의 의미로는 충분할 것 같았다.

너도 우리 반이지, 라니. 어제 입학식을 하고 오늘이 진짜 등교 첫날이지만, 이미 이 학교에서 바움을 모르는 사람은 없을 터였다. 조금 더 현실적으로 말하자면, 이 근방 학교를 다니는 대부분의 아이는 바움을 알 것이다. 바움이 항상 조금은 고개를 숙이고 걷는 이유였다. 어느새 얼굴이 붉어지고 있었다. 언제나 적응되지 않는 감정이었다.

"호잇!"

둘 중 한 명이 이상한 기합 소리를 내며, 계단을 몇 칸 훌쩍 뛰어내렸다.

"야, 어다솜! 같이 가!"

다른 한 명도 잰걸음으로 요란한 발소리를 내며 따라갔다.

"어이 친구. 천천히 오시게나. 내가 누누이 말했잖소. 나는 너 같은 범인이 따라올 수 있는 존재가 아니라고."

흔치 않은 말투에 바움의 시선이 이동했다. 어디서나 봤을 법한 말간 얼굴과 흩날리는 가느다란 머리카락에는 장난기가 가득했

다. 한 손에는 빨간색 악력기가 들려 있었다. 두 눈을 휘며 웃는 와
중에도 악력기를 쥐었다 폈다 하는 손이 분주했다.

"범인? 그럼 나는 경찰이야?"

옆의 얼굴이 해사하게 웃고 있었다. 어깨를 살짝 덮은 머리카락
의 끝이 찰랑였다.

"쯧쯧, 변우혜. 받아치는 개그가 역시 수준 미달이구먼. 나 아니
면 진짜 누가 놀아줄는지."

보폭을 맞춰 걸음을 옮기는 두 사람의 어깨가 박자를 맞춰 함
께 들썩였다. 곁을 지나는 아이들의 소음 속에서도 두 사람의 웃
음소리가 또렷했다. 그러고 보니 같은 반 아이들인 것 같았다. 바
움은 아직도 한참이나 더 남은 계단을 우두커니 내려다봤다.

다행히 체육관은 단층 건물이었다. 낮은 문턱을 올라 바움이 뒷
문으로 들어서자마자 앞문이 열렸다. 이미 한자리에 모여 있던 아
이들의 웅성거림이 잦아들고, 모든 시선이 그쪽으로 향했다. 바움
도 무리에서 조금 뒤로 떨어진 곳에 자리를 잡고 섰다. 경쾌한 발소
리가 아이들 앞에 와서 섰다. 나일론 트레이닝복의 바스락거리는
소리도 함께 다가왔다. 하나로 묶은 머리가 바움만큼이나 길었다.

"쌤 이름 벌써 까먹은 거 아니지?"

발소리만큼이나 가볍고 상쾌한 목소리에 서넛이 짧게 웃었다.

"그래도 체육관에서 보는 건 처음이니까 다시 소개할게. 나는 여러분의 담임이고, 이름은 박원이야. 과목은 체육."

말이 끝나기가 무섭게 "알아요!" 하고 커다란 목소리가 앞으로 향하자, 아까보다 훨씬 큰 폭소가 여기저기서 터져 나왔다. 아이들을 두루 살펴보며, 박원도 슬며시 따라 웃었다.

아직은 꽉 닫힌 큰 창문들을 통과한 3월 이른 봄의 햇빛이 체육관 실내의 여백으로 쏟아져 내리고 있었다. 찬 기운을 물리친 따스함이 이곳저곳으로 스며들었다. 동면에서 깨어나는 생명체들처럼 움츠렸던 어깨들이 조금씩 자연스러운 자세를 취하기 시작했다.

"모두 알겠지만, 1학년은 자유학년제라 중간, 기말 시험이 다 없어. 그런데 우리 학교는 혁신 학교라 다양한 특별 활동으로 수행평가를 해야 돼."

이래서 이 학교에 배정되지 않길 바랐는데. 바움은 중학교 배정 통지서를 받던 날이 떠올랐다. 자유학년제를 시행하더라도 수시로 시험을 보는 대신 특별 활동이 거의 없는 옆 학교를 기대했었다. 껄끄러운 이벤트 없이 조금이나마 조용히, 무리 속에 섞여 지내기에는 그 학교가 나을 것 같았다.

"우리 반은 특별히 내가 체육이니까, 이번 학기 동안 뜀틀 넘기를 할 거야."

말 그대로 한 대 얻어맞은 듯 바움의 머리가 띵했다. 어떤 체육 활동도 달갑지 않았지만, 그중에서도 불길한 예상을 단숨에 뛰어 넘는 단어였다. 체육관으로 향하면서도 듣게 될 거라고는 생각지 못했던 말이었다.

"에이~ 너무 쉽잖아요!"

높은 천장이 울릴 만큼 큰 목소리가 공간을 가득 채웠다. 여기 저기서 웃음소리가 터져 나왔다. 이미 흥이 오른 무리들이 하이 파이브를 했다.

"그럴지도 모르겠다. 그래서 조별 활동으로 진행할 거야. 모든 조원의 점수를 합쳐서 평균점을 받게 될 거니까, 나만 잘한다고 해서 만점을 받을 수는 없어."

이제까지 장난기가 역력하던 표정들이 사뭇 심각해지기 시작 했다. '점수'라는 단어에 아직도 초등학생 티를 벗지 못한 얼굴들 이 무의식적으로 얼어붙었다.

"하지만 너무 걱정할 건 없어. 조별로 요일을 정해서 일주일에 한 번, 1시간씩 모든 조원이 연습 시간을 함께 채우면 만점을 받 을 수 있어."

박원의 설명에도 한순간 차가워진 분위기는 쉽사리 풀리지 않 았다. 어느 정도는 박원이 예상한 일이었다. 혹시나 학부모들의 항의를 받게 되더라도 그들을 설득하기 위한 준비도 해두었다. 중학교 교사 생활 5년 만에 처음으로 맡는 담임 반이었다. 전근한 첫해라 낯선 환경이었지만, 용기를 내고 싶은 이유였다.

우리는 모두 다른 얼굴을 한 것처럼, 저마다 다른 존재라고. 그러니 괜찮다고 알려주고 싶었다. 모든 면에서 완벽한 사람이 없듯, 남루하기만 한 사람도 없다고. 사람은 누구나 저마다 가진 것과 부족한 것이 다르다고. 한 학기 동안 서로가 다르지만, 그것으로 괜찮다는 걸 함께 배워나가면 충분하다고.

박원은 이 말을 해주고 싶었지만, 아이들이 몸으로 직접 깨닫길 바랐다. 아이들 나이였을 때 그녀가 알았더라면 좋았을, 하지만 그 어떤 어른도 가르쳐주지 않았던 그 진리를 알려줄 수 있다고 믿고 싶었다.

**

"우리는 5조인데 왜 하필 우리부터 시작인 건데."

정적을 깬 건 우혜였다. 아, 그러고 보니. 바움은 그제야 두 명의 얼굴을 기억해 냈다. 역시나 둘 다 같은 반이 맞았구나. 바움이 천천히 그들 쪽으로 걸음을 옮겼다.

익숙한 손길로 다솜이 뜀틀을 준비하고 있었다. 갈색의 나무틀 여섯 개를 크기 순서대로 쌓고, 스프링이 들어 있는 구름판을 그 앞에 놓았다. 착지 지점에는 파란색 매트를 두 장 올려두는 모습이 제법 진지했다. 오른손 엄지와 검지로 V를 만들어 턱 아래에 대고, 왼손은 오른쪽 팔꿈치를 받치면서도 뜀틀에서 시선을 떼지 않은 채 다솜이 한 걸음 뒤로 물러났다.

"완벽하군. 역시 나야."

뿌듯한 표정으로 뜀틀을 바라보는 다솜의 체육복 바지 오른쪽 주머니에 빨간색 악력기가 삐죽 고개를 내밀고 있었다. 다솜이 걸을 때마다 주머니 안으로 들어갔다 나오는 빨간색에 왠지 비어져 나오려는 웃음을 참으며 바움이 다가갔다.

"그런데 왜 우리는 세 명이야? 다른 조는 다섯 명이잖아."

바움이 고개를 들어 번갈아 양옆의 얼굴을 살폈다.

"우리 반이 스물네 명이라 우리 5조만 네 명인데, 공미숙이라고 걔가 오늘 오디션 갔대. 연습 끝나기 전에는 올 거라고 아까 쌤이 말씀하셨는데, 너 못 들었구나?"

다솜에게 말할 때보다도 우혜의 말투는 훨씬 더 친절했다. 그 차이가 오히려 바움은 전혀 고맙지 않았다. '키가 큰 너희들 등 뒤에 서 있느라 소리가 막혀 잘 들리지 않았거든. 그리고 사실 나는 세상의 모든 소리가 그렇게까지 궁금하지도 않고.'라고 말하는 대신 바움은 그저 고개를 끄덕였다.

출발선에 선 다솜이 양팔을 들었다가 당겨 내리며 파이팅을 외치다, 별안간 호기심이 번진 얼굴로 창밖을 바라봤다. 자연스레 우혜와 바움의 동그란 고개들도 돌아갔다. 앞문 바로 옆쪽 창으로 검은 그림자가 드리워 있었다. 다솜이 발을 크게 구르며 달려가 창문을 열었다.

"누구세요?"

상대에게 바짝 얼굴을 붙이며 다솜이 크게 미소 지었다.

"나는 너희들의 교감이야. 이름은 이선. 나는 신경 쓸 거 없고, 그냥 너희들 하던 거 해."

목소리 자체는 얇고 높은데도, 억양이라고는 없는 기계음 같은 말투였다. 열린 창을 소리 나게 닫고는, 이선이 두 손으로 동그라미를 만들어 양 눈으로 하나씩 가져갔다. 두 손이 창에 붙자, 어두워진 동그라미와 눈이 마주친 다솜이 한 발 뒤로 물러났다. 얼른 돌아가라는 신호를 보내는 듯한 이선의 눈동자가 유난히 검고 컸다. 헝클어진 검은 머리카락은 제멋대로 자라 어깨쯤에 닿아 있었고, 상체만 보이는 옷도 온통 검은색이었다. 햇빛이라고는 받아본 적 없을 것 같은 하얀 얼굴과 손은 시릴 정도로 창백해 보였다.

"미안, 내가 늦었지?"

열린 뒷문으로 기다란 그림자가 먼저 들어섰다. 세 사람의 시선이 이선의 바람대로 그녀에게서 멀어졌다. 한 발 한 발 내딛는 보폭이 유달리 컸다. 낡은 하얀색 운동화 위로 뻗은 두 다리는 곧고 가늘고 길었다. 바짓단 아래 살짝 보이는 발목은 그림자만큼 어두운색이었다.

"어, 공미숙인가 보다!"

반가움이 가득 배인 목소리로 우혜가 손을 들어 미숙에게 흔들었다.

**

1학년 교무실의 문이 거칠게 열렸다. 정적뿐이던 공간에 열린 문의 진동이 고스란히 느껴질 정도였다. 이선의 검은색 치마와 코트 자락이 문턱을 넘다가 되돌아왔다. 이선이 손가락도 제대로 들어가지 않는 머리카락을 연거푸 쓸어 올렸다.

"박 선생님, 지금이라도 그만두세요!"

활짝 열린 문의 안으로는 조금이라도 들어서지 않겠다는 듯, 판판해진 몸의 앞면에 힘을 잔뜩 준 채 이선이 문턱에 발의 앞코를 갖다 댔다. 분주한 시선만이 박원을 좇고 있었다.

"이미 교감 선생님께서도 허락하신 내용입니다."

박원이 자리에서 일어나 이선 앞으로 다가갔다. 더는 안 된다는 듯, 이선이 양손을 앞으로 뻗어 박원이 다가오지 못하게 제지했다.

"네, 그래요. 제가 허락했지요. 그런데 아이들끼리만 두겠다고는 말씀 안 하셨잖아요. 아이들은 학교 안에서는 언제, 어디서나 선생님의 보호가 필요합니다."

고딕체 글씨를 음성으로 옮겨놓은 듯 정확한 발음과 일정한 속도였지만, 조금씩 커지는 이선의 목소리는 불안과 격양으로 요동치고 있었다.

"교장 선생님께서는 이런 방식도 문제없다고 하셨어요. 그리고 여러 번 말씀드린 대로 아이들만의 시간도 필요하다고 생각합니다."

박원은 절대 물러설 생각이 없었다. 5년간의 교사 생활 동안 가능한 한 눈에 띄지 않으려, 어떤 문제도 만들지 않으려 늘 애써왔다. 하지만 이번만큼은 자신도 달라져야 한다고 생각했다.

"그러다가 누구라도 다치면, 응? 그러면, 응? 어쩌려고 그러십니까?"

이미 박원의 차분한 목소리보다 두 배쯤 커진 이선의 음성이 크게 떨렸다. 창백한 목에는 파랗고 붉은 핏대가 두드러졌다. 어깨부터 팔꿈치까지는 상체에 딱 붙어 있었지만, 아래팔과 손은 목소리의 떨림에 속도를 맞춰 이리저리 흔들렸다.

"이제 초등학생이 아니라 중학생이잖아요. 그 정도는 책임질 수 있는 나이들이잖아요."

박원의 말이 끝나자마자 이선의 얼굴이 고통스럽게 일그러졌다. 이제까지는 간신히 드러나지 않던 표정이었다. 놀란 박원이 한 걸음 뒤로 물러섰을 때, 이선이 한 손으로 자신의 입을 막으며 잰걸음으로 사라졌다. 쿵쿵거리는 소리는 여전히 귀를 울렸지만,

어느 쪽인지 방향도 가늠할 수 없다고 박원은 생각했다. 아직 놀란 심장이 제 속도를 찾지 못하고 있었다.

"박 선생님, 첫 담임이라고 하셨죠?"

얼떨떨한 기분으로 돌아와 앉자, 옆자리의 경복이 끼익 소리를 내며 의자를 밀어 가까이 다가왔다.

"전근한 학교에서 첫 담임이라니. 앞으로 궁금하신 점이 있거나, 도움이 필요하시면 얼마든지 저를 괴롭히셔도 됩니다."

첫인사 이후로 말을 섞어본 적이 없어서, 박원은 처음으로 경복의 얼굴을 제대로 본 것 같았다. 30대로 알고 있는데, 머리카락은 이미 거의 백발이었다. 그래서인지 빛바랜 색의 생활한복과 하얀색 고무신이 맞춘 듯 잘 어울렸다. 미술 교사라기보다는 속세를 버리고 떠난 숲속의 자연인이 더욱 걸맞은 모습이었다.

다른 사람의 호의를 받는 일이 익숙하지 않은 박원이지만, 마주치는 부드러운 시선과 편안한 미소 덕에 겨우 마음이 차분해졌다. 왠지 올해 1년은 적어도 옆자리 때문에 마음 졸이며 긴장하지 않겠다는 예감이 들었다.

"말씀 감사해요, 김 선생님. 하지만 업무도 많으신데, 저까지 선생님 괴롭혀드리면 안 되죠."

아직도 저릿한 손끝을 만지작거리던 박원이 애써 미소를 지으며 경복에게 가볍게 묵례를 했다.

"교감 선생님이 좀 별나시죠."

박원이 별다른 대답을 찾지 못하며 입을 머뭇거리는 사이, 경복이 말을 이었다.

"애들끼리 있는 데면 어디든 가서 CCTV처럼 보고 계세요. 처음에는 왜 저러시나… 했는데, 저도 작년에 아이가 태어났거든요. 그리고 나니까 교감 선생님 마음이 조금, 아마 머리카락 열 개 정도? 그쯤은 이해되기 시작하더라고요."

빙글 웃으며 경복이 다시 의자를 밀어 제자리로 돌아갔다. CCTV라. 박원의 고개가 갸웃 기울어졌다. 옆자리 스트레스는 없더라도, 어쩌면 한 학기가 예상보다는 더 피곤할 수도 있겠다는 걱정이 고개를 들었다.

"그런데…."

경복이 박원과 사이의 낮은 칸막이를 톡톡 쳤다.

"두 분 다 애들에 대한 애정만큼은 확실한 것 같네요."

정작 박원이 칸막이를 넘어온 목소리를 따라 고개를 돌렸을 때, 경복은 이미 들고 있던 그림책에 빠져들 듯 집중하고 있었다.

"네?"

이제야 경복의 말뜻은 이해했지만 동의할 수 없다는 듯 박원이 미간을 찌푸렸다. 여전히 시선은 책을 향한 경복이 천천히 책장을 넘기며 빙긋 웃고 있었다.

**

첫 연습인데 지각을 했으니 혼자 하겠다던 미숙은 정말이지 순식간에 뜀틀 정리를 마쳤다. 긴 팔다리를 휘적거리며 체육관 중앙과 창고 사이를 오가는 미숙을 바움이 가만 바라보았다. 불규칙한 리듬에 맞춰 자연스레 춤이라도 추는 것 같았다. 근방의 모든 아이가 바움에 대해 알고 있는 것처럼, 바움도 이미 다른 초등학교에 다닐 때부터 미숙에 대해서 알고 있었다. 물론 이렇게나 가까이에서 본 건 오늘 이 순간이 처음이었지만.

미숙이 무리로 돌아오자, 우혜가 먼저 휴대전화를 내밀었다.

"단톡방 만들어야지."

어쩔 수 없이 바움도 주머니에서 휴대전화를 꺼냈다. 우혜의 전화번호를 저장하자, 메시지 앱의 새로운 친구 목록에 빨간색 동그라미가 떴다. 바움은 프로필의 사진을 터치해 불러냈다. 다솜과 함께 찍은 사진 위로 'WH&DS' 영어 대문자들이 반짝이며 요란하게 움직이고 있었다.

"둘은 같은 학교 나왔어? 원래 친구야?"

미숙이 번호를 저장하며 묻자, 우혜가 빙긋 웃으며 고개를 끄덕였다. 다솜이 주머니에서 휴대전화를 꺼내서 우혜에게 건네고, 체육관 구석을 바라보며 달리기 시작했다. 우혜가 자연스레 다솜의 휴대전화 비밀번호를 풀어 미숙과 바움의 전화번호를 저장했다.

"응? 이게 맞아?"

미숙이 바라보는 화면에는 프로필 사진도 없이 '싸움의 기술'이라는 각진 글씨가 쓰여 있었다.

"맞아. 언젠가부터 왜 저러나 모르겠어, 정말."

지겹다는 듯이 고개를 양옆으로 흔들며 우혜가 다솜의 뒷모습을 바라봤다. 잔뜩 흘겨보는 눈과는 다르게 입꼬리는 한껏 웃고 있었다.

요란한 발소리를 내며 갈지자로 체육관 중앙을 가로지르던 다솜의 눈이 문득 창밖을 바라봤다. 어느샌가 운동장 여기저기에 봄날 오후의 햇살을 즐기는 무리가 여럿 자리 잡고 있었다. 다솜과 가까운 체육관 앞문 앞에도 서너 명의 남자아이들이 작은 원을 만들고 서 있었다. 아직은 집에 가기에 아쉬운 학기 초의 달뜬 기분이 얼굴에 가득했다.

돌아간 고개를 따라 머리카락 끝이 슬쩍 움직이려는 찰나 다솜의 몸이 재빠르게 앞문을 열고 뛰쳐나갔다. 운동장 중앙에서 출발한 축구공이 커다란 포물선을 그리며 하강하고 있었다. 시끌벅적한 속에서도 유난히 크게 울려 퍼진 소리가 뒤늦게 포물선의 궤적을 따라오고 있었다. 무슨 일이 일어난 건지, 잠시 후에는 또 어떤 일이 일어날지 전혀 눈치채지 못한 아이들은 여전히 꼼짝도 하지 않은 채 서 있었다.

그 작은 원의 사이를 가르고 다솜이 몸을 날렸다. 자기보다 한 뼘은 키가 큰 남자아이들의 사이로 보드라운 두 손바닥을 옆으로 딱 붙인 채, 다솜이 날아오던 공을 정확하게 쳐냈다. 퍽, 소리에 상황을 알아차린 두 명의 소년이 다솜 옆으로 비켜나며 무의식적으로 뒤통수를 어루만졌다. 하마터면 무서운 속도로 날아오는 공을 정통으로 얻어맞을 뻔한 터였다.

아직은 얼얼한 손바닥을 두어 번 털어낸 다솜이 공을 집어 들어 운동장 중앙을 향해 차올렸다. 날아왔던 각도와 속도에 맞먹는 포물선을 그리며 공이 원래의 자리로 되돌아갔다. 공을 받은 무리가 손을 들어 다솜에게 인사했다.

"고맙다는 인사는 넣어둬도 돼. 너희에게 도움이 필요할 때면 언제든 나는 다시 나타날 테니까."

아직도 벌어진 입을 채 다물지 못한 아이들이 다솜의 움직임을 따라 고개를 돌렸다. 씨익, 한쪽 입꼬리만을 올린 채 다솜이 미소 지었다. 등 뒤에 시선이 꽂혀 간질거렸지만, 간신히 뒤돌아보지 않을 수 있었다. 슬쩍 올라가려는 어깨도 겨우 털썩 가라앉혔다.

큰 걸음으로 체육관을 가로지른 다솜이 바지 왼쪽 주머니에서 작은 수첩을 꺼냈다. 여전히 건물 밖의 아이들이 궁금했지만, 일주일 치의 인내심을 총동원해 무관심한 척할 수 있었다. 일부러 큰 소리를 내며 수첩을 몇 장 쓱쓱 넘기고는, 멈춘 페이지를 얼굴

가까이에 가져가 눈으로 빠르게 읽어 내렸다.

"연습 끝난 거 아니야?"

낯선 목소리가 등 뒤에서 들려왔지만, 이제는 정말 집중해야 할 때였다.

"연습 후 단련이야."

수첩에서 눈을 떼지 않은 채, 종이에 그려진 자세대로 다솜이 다리를 움직였다. 어깨너비에 두 발을 맞추고 무릎을 살짝 굽혀 허벅지에 힘을 주는 자세에 꽤나 절도가 있었다.

"단련? 무슨?"

일주일 치의 인내심은 여기까지였다. 다솜이 수첩을 내리고 목소리의 주인을 바라봤다. 어쩐지 외면할 수 없는 목소리라는 느낌이 들었다. 우리 조는 네 명이니까, 우리 조는 아닐 테고. 같은 반인가, 아니 어쩌면 지나가다 그냥 구경하러 온 게 아닐까, 하고 다솜은 생각했다.

"싸움의 기술, 제1장. 상대가 나보다…."

"…나보다 강하다는 것을 인정하라!"

다솜의 목소리로 시작된 문장이 두 개의 목소리로 정확하게 겹쳐 끝을 맺었다. 언젠가 책에서 보고 감동받았던 문장인데, 그래서 수첩에도 적고 늘 가슴에 새기고 또 새긴 말이었다. 놀란 다솜의 눈과 입이 모두 동그랗게 커졌지만, 상대는 여유롭게 웃고 있었다.

학교에서, 아니 이 근처 어디서나 볼 수 있을 법한 평범한 남학생이었다. 튀지 않는 짧은 머리에, 새로운 것 없는 검은 뿔테 안경, 적당한 키에 마르지도 그렇다고 살이 찌지도 않은 체형. 고수는 고수를 알아보는 법이라, 자신 같은 이를 만나면 당연히 한눈에 알아볼 수 있을 거라 다솜은 언제나 생각했었다. 하지만 이렇게나 평범한 모습이라니.

조금이나마 눈에 띄는 건, 오른쪽 귀에서 아래쪽 목에 엄지손톱만 한 점이 있다는 것이었다. 그리고 작년부터 교복 대신 체육복을 입는 것으로 바뀌었는데, 3학년 선배들이나 입는 교복을 입은 것도 마음에 들었다. 묻지도 답을 듣지도 않았지만, 다솜은 상대가 같은 학년이라고 확신했다.

다솜을 기다리느라 아직도 남아 있는 우혜를 뒤로 하고, 바움과 미숙이 먼저 체육관을 나섰다. 딱히 꼭 붙어 가야 할 이유는 없었고, 그보다도 미숙이 불편했으므로 바움은 미숙을 앞질러 혼자 가고 싶었다. 하지만 바움의 몇 걸음을 단 한 번에 따라잡은 미숙의 긴 다리가 어느새 옆으로 바짝 붙어 있었다.

"우혜랑 다솜이는 완전 베프더라. 니 베프는 누구야?"

바움의 정수리보다 한참 더 위에서 울리는 소리가 허공으로 흘어졌다. 베프, 아니 친구. 그런 게 있기는 했던가. 다른 아이들과 다르다는 걸 몰랐던 유치원까지는 바움에게도 함께 어울리는 무리가 있긴 했었다. 하지만 달라진 키의 성장 속도에 비례해 그들은 어느새 모두 사라져 갔다.

"그런데 너 프로필 이름 누구야? 엄마 폰이야?"

대답 대신 새로운 주제로 대화를 이끄는 방법을 바움은 알고 있었다. 베프는 없지만, 지금의 상황을 빨리 벗어나고 싶었지만, 교실에 도착할 때까지는 미숙이 입을 다물 것 같지 않았다.

"아니, 내 거야. 이름은 개명하고 싶어서."

더 할 말이 있는 듯, 머뭇거리다 다무는 입매에 쓸쓸함이 묻어나는 걸 바움은 눈치챌 수 있었다. 하긴 우리 또래의 이름이라기엔 너무 엄마 세대 이름 같기는 하니까.

"그럼, 공…지영?"

"응."

바움의 머리 위로 물음표가 여러 개 떠올랐지만, 미숙의 얼굴에는 한순간에 행복한 미소가 번져 나갔다.

"너무 유명한 분 이름 아니야? 부담스럽지 않겠어?"

"아, 그 영화?"

"그건 김지영이고."

"그런가."

피식. 바움은 결국 웃음을 참지 못했다. 언젠가부터 남들 앞에서 웃고 싶지 않았다. 그럴수록 다른 사람들이 보여주는 미소도 편하게만 보이지 않았다. 그런데 오늘 하루 몇 번이고 웃음을 참기 힘들었다. 흔치 않은 일이었다. 마음을 다잡아야 한다고 바움은 생각했다. 더군다나 옆에 있는 건 공미숙이다, 바로 그 공미숙. 같은 학교에 배정된다 해도 제발 같은 반만은 피하고 싶었던.

"3학년 땐데, 남자애들이 정말 심하게 놀렸거든."

바움의 정수리를 내려다보며, 미숙이 자신의 고불거리는 검은 머리카락을 조금 집어 잡아당겨 펴 보였다.

"여자애들은 대놓고 놀리지는 않았는데. 친하지도 않았지만."

바움이 처음으로 고개를 들어 미숙과 눈을 마주쳤다. 바로 이래서였다, 바움이 미숙을 불편해했던 게. 원치 않는 시선을 받는다는 게 어떤 건지 미숙은 누구보다 잘 알고 있을 터였다.

"그때 담임쌤이 완전 좋은 분이었는데, 뭘 어떻게 하신 건지 그 남자애들이 한 번 쌤한테 불려 가고 나서는 다시는 놀리지 않더라고."

몇 번이고 반복해도 펴지지 않을 머리카락을 미숙은 여전히 잡아당겼다 폈다 하고 있었다.

"그 쌤 이름이 박지영 쌤이었거든, 그래서."

좋은 어른이 있었구나, 너한테는. 바움은 순간 얼굴에서 피가

싹 빠져나가는 듯한 기분이었다. 그런데도 왜 이렇게 가슴이 뜨거워지는 건지 알 수 없었다. '어쩌면 조금은 기대했었는데. 너는 나와는 다른 세상에서 살고 있었구나.' 미숙과 가까워진다면, 안 그래도 불편한 사람들의 시선은 두 배가 될 게 뻔했다. 그러다 보면 원하건 그러지 않건, 언젠가는 미숙까지도 두 배로 미워하게 될 것 같다고 바움은 생각했다.

"너도 알지? 나 어차피 안 된다는 거."

생각지도 못했던 말이 마음대로 튀어나왔다. 차마 말로 하고 싶지 않았던 진심이 공기 중으로 흩어지는 걸 바움은 잠시 바라볼 수밖에 없었다.

"뜀틀 연습, 쌤한테 말씀드리고 나는 빠질게."

초등학교에 다니는 동안 바움보다도 오히려 먼저, 난처한 표정으로 모든 선생님이 체육 시간에 바움을 제외해 주었다. 바움에겐 선택권조차 없었다. 나서서 참여하고 싶은 생각도 물론 없었다. 체육 시간에는 늘 혼자서 교실을 지켰다.

줄곧 반걸음 뒤에서 걷던 미숙이 빠르게 앞으로 치고 나와 바움을 가로막고 섰다.

"뜀틀로 만점 못 받아도, 매주 연습 시간 다 같이 채우면 되는 거잖아."

미숙은 정말로 바움의 말이 이해가 안 된다는 표정이었다.

"괜히 니들 시간만 뺏고 있잖아. 나 아니면 니들 연습도 필요 없을 텐데."

자꾸만 뾰족해지는 목소리에 바움 자신이 더욱 놀라고 있었다. 기대도 없으니 실망도 없다고 늘 자신을 다독여 왔다. 하지만 요즘 생각이 깊어질 겨를도 없이 자꾸만 자라나는 나쁜 마음들을 바움도 가끔은 어쩔 수가 없었다.

"나는 뭐, 어차피 학원도 안 다니고 할 것도 없어."

미숙이 어깨를 으쓱 올렸다 내리고, 발 앞의 작은 돌을 톡 건드렸다.

"우혜랑 다솜이도 다 괜찮다고 하던데? 그러니까… 일단 같이 해보는 게 낫지 않을까?"

미숙이 골라낸 조심스러운 단어와 다정한 목소리가 싫었다. 잠깐이지만 함께 걸으며, 짧은 대화를 나누며, 바움은 미숙이 조금 더 불편하고 싫어졌다고 생각했다. 그런데도 마음 가장 깊은 곳에서는 고개를 들던 나쁜 마음들이 아주 조금씩 차분해지는 것 같았다. 이 감정은 뭘까. 정체를 알 수 없는 감정의 혼합에 바움은 속이 울렁거렸다.

"너는….."

하지만 차마 더 말할 수 없었다. 너는 몰라. 바움의 짧은 다리가 최대로 속도를 올리며 미숙을 앞질렀다. 다행히 미숙은 더는 따라오지 않았다. 서운하지는 않았다. 저기 앞으로 학교 본관이 가까이 보였다. 휑해진 등 뒤로 아직 떠나지 못한 겨울의 찬바람이 파고들었다.

이렇게나 빨리 걸으면 안 된다는 걸 바움은 알고 있었다. 남들처럼 똑같이 걸어서는 안 된다. 어차피 다른 아이들만큼 속도를 낼 수도 없지만. 그런데도 지금 이 순간, 할 수 있는 게 이것뿐이라는 게 바움은 비참했고 언제나처럼 슬펐다.

제대로 시작도 하지 않았지만 결과는 이미 정해져 있었다. 바움은 뜀틀을 넘지 못한다. 소용없는 짓을 시키는 담임도 바움은 이해가 되지 않았다. 초등학교 때 선생님들처럼 아예 제외해 주면 될 것을. 뭐가 좋은지 즐거워하는 같은 조 아이들도 생각할수록 불편하게 느껴졌다. 만난 지 이제 겨우 하루 이틀인데, 전화번호를 추가하고 어렸을 때 이야기를 하며 친한 척하는 것도 그저 우스웠다.

잠깐 옆에 서보기만 했을 뿐이지만 뜀틀은 거의 바움의 키와 비슷했다. 다솜도 미숙도, 별다른 연습 없이도 척척 뜀틀을 넘었다. 분명 이건 불공평하다. 뜀틀은 '나'에게 너무 높다. 이 세상이 '나'에게는 너무 크다.

아니, 이 세상에 비해 '내'가 너무 작다.

2

영어로 작별 인사를 하며 리듬에 맞춰 손을 흔드
는 아이들이 한꺼번에 학원 교실 문을 빠져나갔다. 한 발짝 물러
서 있던 미국인 원어민 강사가 그 뒤를 따라 나갔다. 그제야 바움
은 책상 위의 책들을 챙겨 가방 안으로 집어넣었다. 한순간에 찾
아온 고요 덕에 바움의 작은 움직임도 본래의 소리를 되찾았다.

이 교실은 다음 수업이 없어서 짧은 쉬는 시간 동안 서두를 필
요가 없었다. 바움을 위한 원장인 엄마, 지연의 배려였다. 하지만
초등학교 때 사용하던 교실들보다 책상도 의자도 더 커서, 이제는
의자에 앉으면 발이 바닥에 닿지 않았다. 앞으로 최대한 걸터앉으
면 가능하지만, 그러면 등받이에 몸을 기댈 수 없어 허리가 아파

왔다.

바움은 엉덩이 옆을 양손으로 짚고 중심을 잡으며 의자에서 내려왔다. 허리에 힘을 주고 작게나마 점프를 해야 했다. 그러다 다시 정확하게 반대의 순서로 의자에 되돌아가 앉았다. 이번에는 의자의 뒷부분을 손으로 짚고 다리에 힘을 줬다. 바움은 가방 속에서 휴대전화를 꺼내 SNS에 접속했다. 단톡방을 만들긴 했지만, 우혜 말로는 대부분의 아이가 DM으로 소통한다고 했다. 바움도 아주 예전에 계정을 만들어 놓긴 했었다. 오랜만이지만 자동 로그인을 통해 쉽게 접속할 수 있었다. 메시지 앱과 마찬가지로 바움은 SNS 프로필 사진도 따로 설정하지 않아서 이목구비도 없고 성별도 알 수 없는 동그란 얼굴에 대화 명은 알파벳 'B' 단 한 글자였다.

지영이 되고 싶은 미숙이 떠올랐다. 그 마음만큼은 바움도 충분히 이해할 수 있었다. 프로필 편집을 눌러 B, 글자를 지웠다. 휴대전화의 화면 아래 자판이 나타났다. 빨리 새 대화 명을 쓰라고 재촉하는 것 같았다. 몇 번을 썼다 지웠다. 저장 버튼을 누르는 그 간단한 행동에 이렇게나 주저하는 자신에게 바움은 조금 짜증이 났다. 이게 뭐라고.

부모님은 독일 유학 시절에 만났고, 그래서 자녀에게 독일어 이름을 지어주고 싶었다고 했다. '바움'은 독일어로 '나무'라는 뜻으로, 나무처럼 깊고 크게 뿌리내리며 살라는 의미에서 선택했다고 엄마는 늘 말했다. 때로는 다른 사람들에게 시원한 그늘을 만들어주고, 좋은 열매를 맺어 함께 나누게 되기를 바란다는 의미도 있다고 아빠가 덧붙였다.

서바움. 이름만 놓고 보자면 독특하고 예쁜, 좋은 이름이라고 바움도 항상 생각했었다. 하지만 자신이 크고 깊게 뿌리내리며, 그늘과 과일을 나누며 살 수 있을 것 같지 않다는 걸 깨달으면서부터 유별난 그 이름이 부담스럽게 느껴지기 시작했다.

바움은 자신과 같은 해에 태어난 아이들의 이름 통계를 검색해본 적이 있었다. 여자 이름 1위는 '서연'이었다. 초등학교 6년 동안 반에 두 명 이상은 있던 그 이름. 통계라는 게 정말 신기하다고 생각했었다.

하필이면 성도 흔치 않아 더욱 부담스러운 이름이 언젠가부터 바움은 버거웠다. 우리나라에서 가장 흔하다는 세 개의 성 중에 하나라면 그나마 최악은 아니지 않았을까. 그래서 늘 생각해 오던 이름이었다. 한 반에 두어 명쯤 있는, 가장 흔해서 몇 번이고 들어도 쉽게 잊히는 존재가 되고 싶었다. 몇 번 자판을 터치했다. '이서연'. 다른 두 개의 성보다도 더 흔해 보여서, 그래서 좋은 그 이름을 드디어 썼다. 이 이름으로 남들의 시선을 받지 않으며 사람들 속에 섞여 없는 듯 존재하고 싶었다.

"언니! 아직도 여기 있었어?"

불쑥 교실 문 옆으로 들어온 얼굴에 바움의 몸이 움찔했다. 다행히 휴대전화를 떨어뜨리지는 않았다. 숨을 크게 내쉬고 저장 버튼을 누른 뒤, 바움이 고개를 들었다.

어느새 리베는 바움의 책상 앞으로 바짝 다가와 있었다. 눈이 마주치자, 리베가 초승달처럼 휘는 눈을 접으며 웃어 보였다. 리베가 쭉 뻗은 두 팔을 책상의 앞부분에 기대자, 긴 두 다리에 마른 두 무릎이 앞으로 조금 굽혀졌다. 이름처럼 사랑스러운 아이. 리베만큼은 부모님이 이름을 지었을 때의 바람처럼 살 수 있겠지, 하고 바움은 생각했다.

어렸을 때는 평범하게 사이좋게 지냈던 것도 같은데. 리베의 키가 바움을 넘어서고, 자신과 동생은 다르다는 걸 인식하게 되면서 바움은 리베와의 거리를 일방적으로 넓히기 시작했다.

"오늘 아빠 미국 비행 갔다 오는 날이라 저녁 외식하잖아. 빨리 가자."

교실 문을 빠져나가는 바움의 등 뒤로 리베의 경쾌한 목소리가 따라붙었다. 원장실이 있는 오른쪽이 아닌 반대편으로 바움이 방향을 바꿨지만, 바움보다 시야가 높은 리베는 얼른 알아차리지 못했다. 가벼운 발걸음이 등 뒤로 멀어지는 걸 느끼며, 바움은 엄마에게 들키지 않고 이 복도를, 건물을 벗어나고 싶을 뿐이었다.

"바움아!"

두 걸음도 가지 못해 그 바람이 소용없다는 걸 알게 되었지만. 지연의 목소리가 복도를 울렸다. 원장실 벽을 한 손으로 짚고 복도에 선 채였다. 복도에서 짧은 쉬는 시간을 즐기던 아이들의 시선은 지연이 아닌 바움의 등 뒤로 꽂혔다.

"언니, 왜 거기로 가고 있었어?"

한걸음에 달려온 리베가 바움의 가방을 뺏어 들고는 손을 잡아 이끌었다. 그림자만 본다면 언니가 동생의 손을 잡아끄는 모습이겠지. 뿌리치고 싶었지만, 엄마가 보고 있어 바움은 그럴 수가 없었다.

리베가 교실로 찾아오지만 않았더라면, 행복하게 외식하는 가족 중의 한 명으로 보이기 위해 노력할 필요 없이 혼자 집에 갈 수 있었을 텐데. 리베가 없었다면, 늘 비교당하며 사람들의 관심과 질문을 받지 않아도 됐을 텐데. 리베가 없었다면 아마 조금은 덜 불행하지 않았을까.

**

낡은 철문을 열고 현관으로 들어서자, 칠흑 같은 어둠이 시야를 멍하게 했다. 하나, 둘 미숙은 눈을 감고 잠시 기다렸다. 거실 등의 스위치는 현관을 지나 몇 걸음이나 걸어가야 손이 닿는 위치에 있었다. 낮에도 밤처럼 어두운 실내가 눈에 익숙해지고 나서야 미숙은 천천히 걸음을 옮겼다. 언젠가부터 덮개도 씌우지 않게 된 천장의 백열등이 타닥, 소리를 내며 서서히 불을 밝혔다.

당연하지만 실내는 미숙이 등교했던 아침 그대로였다. 커튼 없는 거실 큰 창의 벌어진 틈으로 아직은 차가운 3월의 바람이 파고들어 왔다. 보일러의 전원 버튼을 누르려다 미숙은 그만두었다. 대신 외투를 벗지 않으면 되니까. 엄마, 복순은 오늘도 늦게 온다고 했다. 요즘 마트의 다른 아줌마들이 파업을 하는데, 그래서 엄마가 야근을 해야 한다고 했다. 파업이랑 야근이 무슨 상관인지는 몰라도, 그래서인지 요즘 엄마 얼굴을 제대로 본 적이 거의 없었다.

복순이 방으로 쓰는 거실을 지나 주방으로 간 미숙은 냉장고를 열어 보리차가 담긴 유리병을 꺼냈다. 뭔가 먹을 게 없을지 찾다 그만두었다. 오디션에 가느라 급식도 먹지 못했는데, 이상하게도 배는 별로 고프지 않았다. 이제는 키가 멈추려나. 1년에 10센티 이상씩 크던 초등학생 때는 늘 배가 고팠는데. 요즘은 딱히 그렇지가 않았다. 오디션에서 쟀던 키는 정확히 174.5센티였다. 여기에서 멈춰도 좋을 것 같긴 했다.

키가 크고 팔다리가 길어지면서 미숙을 보는 아이들의 시선이 묘하게 달라지기 시작했었다. 남자애들처럼 대놓고 저속한 단어로 놀리지는 않아도, 여자애들은 언제나 미숙보다 계단 한 칸쯤 더 위에서 내려다보는 듯한 표정을 지었는데, 언젠가부터는 완전히 다른 얼굴로 다가와서 키가 얼마인지를 묻곤 했다. 그때 미숙은 처음으로 남들에게 '부럽다'라는 말을 들을 수 있었다.

하지만 그 '부럽다'가 말 그대로의 의미가 아니라는 걸 미숙은 느낄 수 있었다. 그들은 미숙이 부러울 리가 없었다. 말로는 설명하기 힘들지만, 절대 좋은 기분이 아닌 것만으로도 확신했다. 미숙이 계단 두어 개쯤 위에 선 듯 그들을 바라보게 되었을 때도, 미숙을 내려다보는 듯한 그들의 시선은 달라지지 않았으니까.

오늘 오디션을 마치고도 내내 그런 기분이었다. 미숙은 화장실로 들어가 세면대에서 물로만 세수를 했다. "모델로서 키도 아직은 애매하고, 무엇보다 우리 브랜드는 아직 흑인 혼혈과는 이미지가 맞지 않는 것 같네요." 그렇다면 애초에 왜 오디션에 오라고 한 건지 이해가 되지 않았다. "우리 브랜드 이미지가 워낙 퓨어하고 이노센트하니까. 이해하죠?" SNS를 통해 연락해 온 많은 회사 중에 가장 적극적이었던 곳이 맞는 걸까 싶기까지 했다. 사실 미숙은 모델이 되고 싶다고 생각해 본 적도 없었다.

수건으로 대충 얼굴을 털어내고 나온 미숙이 휴대전화로 인터넷 검색창을 열었다. '퓨어pure' '이노센트innocent'. 분명 미숙이 알고 있는 그 의미가 맞았다. 하지만 지금까지 생각해 보지 못한 반대말이 더 눈에 띄었다. '임퓨어impure, 순수하지 못한, 불순물이 섞인' '길티guilty, 책임이 있는, 유죄의'. 더 이상의 의미를 찾아보려다 미숙은 인터넷 창을 닫았다. 다시는 오디션 같은 건 보지 말아야겠다고 생각했다.

SNS는 그저 구경용으로만 사용하는 게 맞는 것 같다고 생각하면서 접속하자 친구 추천에 낯선 이름이 보였다. 이서연, 흔한 이름이지만 떠오르는 얼굴은 없었다. 이름을 터치해 들어간 화면에는 검은색의 프로필 사진 외엔 아무것도 없었다. 정말 아는 사람일 수도 있지만 굳이 먼저 친구 추가를 요청할 필요는 없었다.

미숙은 지갑을 열어 현금을 확인했다. 그래도 복순이 저녁은 챙겨 먹으라고 했으니까. 편의점이라도 가야겠다는 생각에 자리에서 일어났다. 낡은 운동화에 발을 구겨 넣을 때, 바지 주머니에서 진동이 느껴졌다. 알림을 꺼놓은 줄 알았는데. SNS 앱에 새로운 DM 알림이 떠 있었다. '모델 제의'라는 글자가 언뜻 보였다. 보낸 사람, Mino. 확인할 필요도 없을 것 같았다. 무거운 현관문을 열자 아직은 밝은 오후의 빛이 한꺼번에 쏟아져 들어왔다.

집에서 나올 때와는 달리 딱히 편의점에도 가고 싶은 생각이 사라지자 미숙은 근린공원을 떠올렸다. 키가 크면서 더욱 비좁게 느껴지는 집과는 달리, 초록이 가득한 탁 트인 넓은 공간에 있으면 마음이 편해졌다. 근처의 유일한 공원이라서, 낮이건 밤이건,

주중이건 주말이건 늘 붐비는 곳이었다.

사람들의 시선을 받는 건 여전히 쉽지 않은 일이었고, 그래서 가능한 사람들이 많은 곳은 피해 다녔지만, 여유로운 공간에서 행복해하는 사람들을 보는 일이 때로는 묘한 위안이 되어주었다. 그들이 곁눈질로 미숙을 구경하듯, TV 화면 속 드라마를 보는 것처럼 미숙 역시 그들을 관람하곤 했다. 어쩌면 그들과 다름없이 그 안에서 웃고 싶었던 것일지도 모르지만.

미숙은 이미 알고 있었다. 아마도 평생의 유일한 친구는 외로움뿐이라는 걸. 복순이 다른 아이들의 엄마보다 훨씬 더 나이가 많다는 걸 알게 되었을 때도, 자신에게 절반의 색깔을 물려준 아빠가 엄마의 거짓말과는 다르게 평생 자신을 찾지 않을 거라는 걸 깨닫게 되었을 때도. 그래서 미숙은 외롭지 않을 수 있었다. 처음부터 외로웠으니까 갑자기 더욱더 외로워지지는 않았다. 모든 것을 처음부터 알고 있었다는 듯 담담할 수 있었다.

놀리는 아이들의 표정만으로도, 처음 들었지만 대충 의미를 알 수 있던 그 단어. 그러니까 복순에게 그 의미를 묻지 말아야 했는데. 무너져 내리듯 주저앉아 멈추지 못하고 계속 울기만 하던 엄마를 보며 미숙이 더 놀랐던 게 아마도 초등학교 2학년 때였던 것 같다. 그날 미숙은 무엇보다 다시는 복순이 자기 때문에 울지 않았으면 좋겠다고 생각했다.

배드민턴장 옆의 정자는 운 좋게도 비어 있었다. 다리를 일자로 죽 뻗으며 미숙이 자리를 잡고 앉았다. 아직은 추운 3월 초의 날씨였지만, 늦은 오후의 햇볕은 제법 따뜻했다. 네 사람이 사이좋게 주고받는 배드민턴 셔틀콕의 소리가 리듬감 있게 반복되고 있었다. 정자 왼쪽의 농구 골대 아래로는 여러 개의 발이 움직이는 대로 바닥의 흙먼지가 계속 일었다.

일주일에 1시간 뜀틀 연습은 미숙에게는 그야말로 별거 아닌 일이었다. 같은 조 애들도 다행히 모두 착해 보였다. 마음에 들건 아니건, 남들이 기대하는 대로 미숙에겐 지금까지 어떤 운동도 그리 어렵지 않았다. 그렇다고 운동을 좋아하는 건 아니었지만 한 번도 뜀틀을 넘어본 적 없다는 우혜가 도와달라고 말했을 때는 솔직히 조금 기쁘기도 했다.

하지만 연습이 끝나고 나올 때 바움이 했던 말이 계속 생각났다. 같이 연습만 해도 만점을 받을 수 있는데. 바움의 걱정이 어느 정도는 짐작되지만, 완벽하게 이해가 되진 않았다. 대화 끝에 어두워지던 바움의 표정이 어느새 떠올랐다. 다음 연습 때에는 바움이 조금이라도 함께할 수 있다면 좋겠다고 미숙은 생각했다. 그러다 그런 생각을 하는 자기 모습이 문득 낯설어졌다.

＊＊

지하철역에서 바로 연결되는 대형 쇼핑몰의 회전문 앞에 우혜와 다솜의 발이 비슷한 박자로 멈춰 섰다. 근방에서도, 서울의 서쪽에서도 가장 큰 규모라 다른 지역의 사람들도 일부러 찾을 정도로 유명한 곳이었다. 어렸을 때는 엄마들도 함께 오던 곳이었는데, 이제는 다솜과 단둘이 외출할 수 있다는 점에서 무엇보다 우혜는 들뜬 기분이었다. 중학생이 됐다는 게 더욱 실감 나는 순간이었다. 다솜의 엄마가 아직 걱정이 많긴 했지만, 초등학교를 졸업하면서 우혜 엄마의 설득으로 두 사람은 조금씩 더 큰 자유를 누리는 중이었다.

지난 주말에 함께 산 우정 반지는 사이즈를 조정하고 서로의 이니셜을 새기느라 바로 찾을 수 없었다. 덕분에 한 번 더 생긴 둘만의 외출에 우혜는 반지를 찾고 난 이후의 일정까지 빼곡히 계획해 두었다. 조금 맵다는 떡볶이를 먹고, 유행하는 사진도 찍을 생각이었다. 아마도 다음 달부터 새로운 수학 학원에 다니면 지금보다 놀 시간이 없을 테니, 그 전에 더 많은 추억을 쌓고 싶었다.

하지만 학교에서 쇼핑몰까지 걸어오는 내내 다솜은 다른 생각에 잠겨 있었다. 우혜에게 끌려오지 않았더라면 오늘이 반지를 찾는 날이라는 사실도 몰랐을 것 같았다. 우혜의 눈에만 보이는 다솜의 멍한 순간들이 계속 쌓여가고 있었다. 우혜는 요즘 처음으로 다솜의 머릿속이 궁금했다.

"상대가 나보다 강하다는 걸 인정하는 게 싸움의 시작인데 말이야….."

회전문에서는 조심하라는 우혜의 말도 못 들은 걸까. 다솜은 대답 대신 전혀 다른 이야기를 꺼냈다.

"그런데 걔는 그 명문장을 어떻게 알고 있었던 거지?"

쇼핑몰 실내는 온통 밝은 노란색으로 장식되어 있었다. 아직 계절은 제대로 시작되지 않았는데도, 벌써 봄맞이 세일 기간이 적혀 있는 배너들이 각종 매장들 앞으로 나란히 자리했다. 두꺼운 패딩을 벗지 못한 사람들의 어두운색과 대비되는 모습이었다.

"솜아, 제발. 넌 우리 반지 잘 나왔을지 궁금하지 않아?"

액세서리 판매장이 있는 2층으로 올라가는 에스컬레이터를 우혜만이 눈으로 찾고 있었다.

"잘 나왔겠지. 니가 골랐잖아."

이제야 겨우 대답을 하면서도 여전히 다른 생각을 하는 게 분명한 눈빛에 우혜는 조금은 울고 싶은 기분이었다. 하지만 곧 예쁜 반지를 손에 넣을 테고, 다솜과의 우정 역사에서 중요한 날이 될 테니 억지로라도 웃고 싶었다.

"나 그때보다 살찐 거 같은데, 반지 작은 거 아닐까?"

에스컬레이터 계단을 하나 더 먼저 오른 후, 고개를 숙여 우혜가 다솜에게 눈을 맞췄다. 그제야 또렷한 미소로 다솜도 우혜를 올려다봤다. 반짝이는 눈동자가 우혜의 눈동자 안에 가득 비쳤다. 가늘게 호를 그린 양쪽 눈썹이 잠깐 들썩였다.

"아니, 그 무슨! 예뻐, 니가 살이 뭐가 쪄."

이럴 때는 그동안 알아왔던 자신만 바라보던 다솜이 맞았다. 함께 비슷한 디자인의 치마를 골라 입고, 같은 색의 머리띠를 하고, 우혜가 좋아하는 걸 그룹의 노래를 따라 부르던.

둘이 쌍둥이 같다는 아이들의 농담에 눈을 흘기면서도 그 말이 우혜는 싫지 않았다. 아니 사실은 세상에서 가장 듣기 좋은 말이었다. 둘 다 외동이었기에 가져본 적 없는 자매가 생긴 느낌이었다. 우혜가 좋아하는 건 언제나 다솜도 좋아했었다. 우혜의 제안이라면 어떤 것이든 다솜은 모두 따라줬었다. 엄마는 고등학교 때 친구가 평생 만나는 친구가 될 거라고 했지만, 이미 우혜에게는 다솜만으로도 충분했다. 우혜에게는 다솜이 온 세상의 전부였다. 둘은 평생 함께할 것이 분명했다. 엄마가 틀렸다는 걸 알게 될 거라 확신했다.

그런데 언젠가부터 저놈의 무술, 싸움, 아니 단련이라고 했던가. 다솜은 우혜가 이해하지 못하는 말들을 해대기 시작했다. 새로운 세상에 관해 이야기하면서 눈을 반짝이는 다솜이 처음에는 제법 귀엽다고 우혜도 생각했었다. 하지만 곧 시들해질 거라 기대했던 다른 세상에 관한 관심은 시간이 지날수록 다솜의 안에서 더욱더 커져만 갔다.

그래서 사실 우혜는 요즘 다솜을 볼 때마다 갖게 되는 이 감정이 뭔지 알 수 없었다. 자꾸만 가슴에 모래바람이 부는 것만 같았다. 차분히 가라앉히고 싶지만 그럴수록 더욱 손가락 사이를 빠져나가 제멋대로 휘몰아치는, 방향조차 알 수 없는 막막함이었다.

지금도 며칠 전에 함께 갔던 매장을 알아채지 못하고 지나쳐버린 뒷모습이 미워야 하는데. 우스꽝스럽게 팔다리를 허우적거리며 이상한 기합 소리를 내는 게 짜증 날 법도 한데. 그런 얄팍한 감정은 아닌 것 같았다. 그래도 벌써 5년 차의 우정이니까.

아, 기억났다. 다솜이 달라지기 시작한 게 언제였는지. 아마도 영화 〈캡틴 마블〉을 보고 나서였을 것이다. 아닌가, 〈블랙 위도우〉였나. 이럴 줄 알았으면 그 영화들을 혼자 보게 하는 게 아니었는데. 억지로라도 함께 보면서 내용이라도 알아뒀어야 하는 건데.

이제는 멀찍이 앞질러 걷는 다솜의 등을 우혜는 한참이나 바라만 보고 있었다.

**

마트의 식품 코너는 아직 이른 저녁 시간인데도 할인 스티커가 붙기 시작했다. 미숙은 어제 먹었던 것과는 다른 샌드위치를 집어

들었다. 할인으로 아낀 돈으로는 우유를 사면 될 터였다. 주머니에 손을 넣고 동전의 수를 세었다. 막 할인을 시작한 고기 코너의 판매원이 마이크를 잊은 건지 큰 소리를 내지르기 시작했다.

복순이 근무하는 계산대는 식품 코너에서 대각선으로 가장 먼 곳에 있었다. 미숙이 고개를 위로 빼자, 복순의 뒤통수가 반쯤 보였다. 한 번도 염색을 하지 않은 정수리는 반 이상이 흰머리였다. 가끔씩 앞으로 숙이는 머리는 아마도 손님을 향해 인사를 하는 것이겠지. 며칠 만인지, 이렇게라도 보는 엄마가 미숙은 반가웠다.

하지만 복순의 눈에 띄고 싶지는 않았다. 피곤하고 그늘진 엄마의 눈을 마주하는 게 요즘 들어 이상하게도 편치 않았다. 시선이 마주칠 리 없다는 걸 알면서도 미숙은 구석을 찾아 가능한 고개를 숙이고 천천히 걸어 나왔다.

외부로 연결되는 여러 개의 문들 중에서 가장 사람들이 찾지 않는 곳으로 빠져나왔을 때, 밖은 어느새 어둑어둑해져 있었다. 해가 지자 조금은 쌀쌀해진 날씨에 미숙의 어깨가 움츠러들었다. 샌드위치의 비닐을 벗기며 미숙이 고개를 들었다. 크게 숨을 내쉬자, 하얀색 입김이 한꺼번에 새어 나왔다.

"아니, 나이가 50 중반은 됐잖아. 그런데 애가 중학교 1학년이면, 마흔 넘어서 낳은 거잖아."

엄마와 같은 유니폼을 입은 여자 둘이 미숙의 앞에서 걷고 있었다. 유니폼 위에 걸친 조끼 위로 '파업'이라는 글자가 눈에 띄었다. 반사적으로 미숙은 걸음을 멈추고 숨을 참았다.

"그런데 흑인을 만난 거잖아. 도대체 그 나이에 무슨 일을 하다가 만난 거래?"

"그건 나도 모르는데, 뭐 그렇고 그런 일 아니었겠어?"

가까이 붙은 뒷모습은 비밀인 양 속삭이는 모양새였지만, 전혀 작지 않은 목소리들 끝에는 요란한 웃음소리가 따라붙었다. 장난스레 서로의 팔을 치며 입을 가리고 웃다가, 앞뒤로 등을 젖혔다 펴자 '파업'이라는 글자도 이리저리 함께 찌그러졌다 펴졌다.

일부러 운동화 바닥을 질질 끌어 터벅터벅 소리를 내며 미숙이 빠른 걸음으로 그들을 지나쳤다. 숙이려던 고개를 오히려 치켜들었다. 겨우 한 입 먹었던 샌드위치는 그들 옆의 쓰레기통으로 던져 버렸다. 아직 뜯지 않은 바나나 우유는 바지 주머니에 억지로 집어넣었다. 놀란 목소리들이 걸음을 멈추는 게 등 뒤로 느껴졌다.

엄마도 다른 사람들에게서 수군거림을 듣는 줄 몰랐다. 남들과 다르지 않은 외모니까. 요즘 엄마는 저런 사람들을 대신해서 일을 하고 있다는 건가. 미숙은 손님에게 여러 번 고개를 숙이던 복순의 뒤통수가 떠올랐다. 아까는 그 뒤통수마저 반가웠는데, 갑자기 그 모습도 너무 미워서 미숙은 눈물이 날 것 같았다.

**

일주일간의 리모델링을 마친 헬스장은 상호도, 간판도 바뀌어 있었다. 새 이름에 맞춘 인테리어인지 러닝머신이 즐비해 있는 벽면에는 전에는 없던 커다란 아이언맨 마스크가 걸려 있었다. 6개월 선납한 회원권이 만료되면 다른 헬스장을 알아봐야겠다고 생각하며, 박원은 러닝머신 위로 올라갔다.

학교와 집 중간쯤에 자리 잡고 있어 퇴근길에 들르기도 좋고, 시설도 깔끔해 선택한 곳이었는데. 등록할 때만 해도 그저 어느 동네에서나 볼 만한 평범한 모습이어서 마음에 들었던 건데. 왠지 몸도 마음도 쪼그라드는 것만 같은 강렬한 붉은색의 벽과 소품들이 박원은 불편했다. 아직 페인트 냄새도 전부 빠지지 않은 것 같았다.

닫혀 있는 러닝머신 앞의 통창 중 분리된 윗부분을 열자, 아직은 차가운 저녁 바람에 순간 소름이 돋았다. 다행히 옆자리는 비어 있어 눈치는 보지 않아도 될 것 같았다. 박원은 러닝머신의 속도를 높이며 발을 구르기 시작했다.

월등히 좋은 성적에도 불구하고 주요 교과가 아닌 체육을 선택한 건, 운동이 좋아서였다. 늘 주변의 눈치를 살피느라 앞으로 굽어 있던 어깨가 반듯하게 펴질 때쯤, 무엇보다 피폐해졌던 마음이 조금은 건강해지고 있음을 느낄 수 있었다. 덕분에 부모님의 반대에도 불구하고 원하는 전공과 직업을 선택할 용기가 생겼었다.

러닝머신의 모니터에 표시된 올라가는 숫자에 비례해 박원의 숨도 빠르게 가빠지기 시작했다. 창밖에는 저녁의 어스름이 깔리며 식당과 가게들의 간판에 불이 켜지고 있었다. 건물의 2층에서 내려다보는 이 순간이 마치 액자 안의 그림을 보고 있는 것처럼 느껴졌다. 이럴 때면 자꾸만 머릿속을 헤집는 하루의 잔상들도 땀과 함께 흘려보낼 수 있을 것 같았다. 그래서 혼자 운동하는 시간이 소중했고, 누구에게도 방해받고 싶지 않았다.

"안녕하세요, 또 뵙네요."

옆자리의 러닝머신으로 올라오는 남자가 박원을 발견하고는 반색했다. 속도를 줄이지 않은 채 눈도 마주치지 않고, 박원은 간단히 고개만 끄덕여 보였다. 리모델링과 함께 바뀐 헬스장의 운동복인지 남자가 입고 있는 티셔츠는 벽과 같은 붉은색이었다. 원치 않는 알은체를 차단하기 위해 박원은 주머니 속의 무선 이어폰을 꺼냈다. 남자의 아쉬운 눈빛은 보지 않아도 느낄 수 있었다.

편치 않은 마음에 더디게 흐르던 시간이 겨우 끝나자, 박원이 얼른 러닝머신에서 내려왔다. 늘 가지고 다니는 물병의 뚜껑을 열어 마시며 유산소 구역의 반대편으로 이동했다. 몸에 딱 붙는 운동복을 입은 여자 두 명이 이야기를 나누다가 박원을 힐금 쳐다봤다. 운동은 아직 시작하지도 않았는지, 운동복도 머리카락도 뽀송

한 상태 그대로였다.

물을 받으러 정수기에 다가서며, 무심코 창밖을 바라보던 박원의 고개가 절로 앞으로 쭉 빠졌다. 힘이 들어간 걸음으로 창 쪽에 바짝 붙어 섰다. 근방에서 가장 오래되었다는 동네 마트에서 나오는 사람은 이선이었다. 확실했다. 온통 검은 옷차림과 유난히 대비되는 창백한 얼굴은 낮에 본 그대로였지만, 다른 사람처럼 느껴진 건 상상조차 가지 않던 미소 때문이었다. 하얀 입김을 뿜어내며 웃는 얼굴이 마치 놀이동산에서 솜사탕을 얻은 아이 같았다.

그리고 그 옆에서 이선의 손에 들린 큰 비닐봉지를 받아서 드는 남자는 20대 중반 정도로 보였다. 남자의 다른 손에 이미 비슷하게 큰 봉지가 있어서인지 이선은 쉽사리 내어주려 하지 않았지만, 남자의 해사한 미소에 결국 고개를 끄덕였다.

나란히 걷는 모습이 다정한 모자라고 해도 어색하지 않을 것 같았다. 이선이 남자의 내려간 패딩 지퍼를 단단히 올려주었다. 끊임없이 대화를 이어가는 쪽은 이선이었고, 남자는 그런 이선을 따뜻한 시선으로 바라보며 웃고만 있었다.

**

리베의 웃음소리가 집 안에 울려퍼지는 것과 동시에 현관 센서 등이 켜졌다. 며칠 만에 보는 아빠에게서 떨어지지 않겠다는 듯 리베는 찰싹 붙어서 손을 놓지 않고 있었다. 바움과 엄마가 거실로 들어서자, 리베와 아빠는 면세점 로고가 크게 박힌 비닐 쇼핑백을 들고 리베의 방으로 들어갔다.

"아빠 비행 오래 해서 피곤하신데 내일 하지 그래, 리베야!"

지연의 목소리는 이미 닫힌 문을 넘지 못했다. 대신 하모니를 만든 방 안 두 사람의 웃음소리가 틈을 타고 빠져나왔다.

행복한 가족 안에 섞여 있느라 정작 피곤한 건 바움이었다. 끊임없이 따라붙는 사람들의 시선에도 아무렇지 않은 듯 의연한 세 사람과는 달리, 바움은 오랜만에 먹는 스테이크도 맛있지 않았다. 이제는 중학생이니 가족 외식에서 빼달라는 이야기를 해봐야겠다는 생각만 끊임없이 되뇌었다. 엄마는 사춘기가 시작되었다고만 생각하겠지. 부모님이 그렇게 생각하게 놔두는 것도 나쁘지 않을 것 같았다. 이제는 한계에 다다른 이 따위의 연기를 끝마칠 수만 있다면.

"바움아, 엄마 가방 좀 엄마 서재에 가져다 놓을래?"

넓은 집에서 산다는 건, 그나마 바움 인생에서 가장 감사한 일이었다. 여러 갈래로 분리된 공간들 사이에 혼자 숨어 들어갈 때에야 비로소 바움은 숨이 트이는 기분이었다. 작은 공간에서만 느끼는 안락함. 어쩌면 작은 몸의 자신에게는 당연한 일이라고 생각했다.

"고마워, 딸."

지연이 주방 뒤 냉장고 전용 방으로 들어서는 걸 보며, 바움은 거실 가죽 소파 위에 놓여 있던 가방을 끌어 내렸다. 늘 꽉 차 있는 엄마의 서류 가방은 오른손으로 들자 거의 바닥에 닿을 듯했다. 왼손까지 끌어와 손잡이를 꽉 잡았다.

문 앞에 도착해 오른손을 가방 손잡이에서 떼자 홀로 무게를 지탱하게 된 왼쪽 어깨가 조금 내려갔다. 눈높이에 와 닿는 방문의 손잡이를 돌려 바움이 방 안으로 들어갔다. 엄마의 서재는 학원 원장실과 거의 흡사한 구조였다. 큰 창을 등지는 방향으로 놓인 책상과 의자, 양옆으로 책상과 같은 짙은 색의 책장이 있었다. 책상 앞으로 놓인 소파가 학원에 있는 것보다 조금 작다는 것과 학원 책상 위의 검은색 명패가 없다는 것만 다른 듯했다.

몇 번이나 시도했지만 책상 위로 올리기에 가방은 꽤 무거웠고 바움은 이내 포기해 버렸다. 그래도 소파 위보다는 나을 것 같아 책상 의자에 가방을 안착시키자, 바움의 입에서 절로 끙 소리가 나왔다. 한숨 돌리려 바움이 고개를 들었다. 천장에 달린 조명은 작년엔가 엄마가 이탈리아에서 직접 사 온 비싼 것이었다.

아빠는 가난한 유학생이었지만, 엄마는 대대로 부유한 집에서 자랐다. 덕분에 바움도 엄마가 그랬듯, 돈으로 갖고 싶은 것에 대한 간절함 같은 건 모르고 살 수 있었다. 하지만 바움의 돌연변이 유전자 역시 엄마 쪽에서 물려받은 것이었다. 엄마가 태어나기도 전에 돌아가셨다는 엄마의 외할머니를 바움이 꼭 빼닮았다고 했다.

아빠의 가난함과 유전자를 물려받았더라면…. 책상을 등지고 돌아서는데 바움의 어깨에 부딪힌 책상 위에 놓여 있던 서류봉투가 바닥으로 떨어졌다. 어디서나 볼 수 있는 평범한 갈색 봉투였다. 허리를 굽혀 바닥의 봉투를 들어 올리자 다시 한번 쿵, 소리가 나왔다. 삐쭉 튀어나온 종이를 안으로 집어넣는데 상단의 큰 글씨가 슬쩍 보였다. 뒤집어서 들고 있던 봉투를 반대 방향으로 돌려 바로 잡았다. 넣다 만 종이를 반쯤 밖으로 꺼냈다.

'장애인 등록 및 서비스 신청서'.

외가의 그 많은 친척과 사촌 중에서 증조할머니의 왜소증 돌연변이 유전자를 물려받은 건 바움뿐이었다.

3

예년보다 이른 꽃샘추위가 물러가고 갑작스럽
게 오른 기온에 한결 부드러워진 봄바람이 체육관의 열린 창문을
타고 넘어 들어왔다. 이미 만개한 개나리의 노란색이 건물 주변을
온통 둘러싸고 있었다. 실내를 데우는 햇볕의 따스함 위로 미세한
먼지 입자가 붕붕 떠다녔다.

미숙을 필두로 우혜와 다솜이 뜀틀을 한 칸씩 들고 쌓기 시작
했다. 몇 번, 나가기를 주저하던 바움의 발이 겨우 무리를 향해 다
가갔다. 우혜가 바움을 향해 살짝 웃어 보였다. 그러고는 다솜과
함께 매트를 가지러 체육관 안 창고를 향해 뛰어갔다. 미숙이 허
리를 굽혀 쌓고 있는 뜀틀에 바움이 천천히 손을 가져가 댔다.

"너는 괜찮아. 우리가 할게."

미숙도 바움을 향해 희미하게 웃어 보였다. 그저 순수한, 친절함만이 묻어나는 목소리였다. 바움은 선택의 기회도 없이 물러나야 했던 초등학교 체육 시간이 떠올랐다. '그 정도는 나도 할 수 있어. 그런 배려는 배려가 아니야.' 언제나처럼 하고 싶은 말을 속으로만 삼키고, 바움은 그저 한 걸음 뒤로 물러났다.

"우리 조장 정해야지. 솜아, 니가 해라."

반듯하게 세워진 뜀틀 앞 구름판에 오르며 우혜가 다솜에게 손짓했다. 제자리에서 폴짝 뛰어오르자, 중력을 거스른 우혜의 머리카락이 조금 늦게 뒤따라 펄럭였다.

"물론, 나의 뜀틀 실력은 범인들과 차원이 다르긴 하지."

다솜이 다정한 손길로 우혜의 손을 잡고 구름판에서 우혜를 끌어 내렸다. 그러고는 "호잇!" 소리를 내며 양팔을 옆으로 들어 정확히 일직선을 만들고는 큰 보폭으로 출발선으로 이동했다. 다른 세 사람의 시선이 자연스럽게 다솜의 움직임을 따라갔다.

조금의 틈도 허락하지 않겠다는 듯 출발선에 발끝을 정확하게 맞춘 다솜이 허리를 펴서 똑바로 서더니 오른팔을 위로 뻗어 올렸다. 비장함과 장난스러움의 중간쯤, 우혜가 가장 좋아하는 다솜의 얼굴이었다. 팔을 내려서 뛰어나갈 자세를 잡은 다솜이 바닥을 힘껏 발로 차며 출발했다. 운동화 밑창이 마룻바닥에 마찰하며 끼익 짧은 소리를 냈다.

점점 붙는 속도에 다솜의 양팔도 더욱 빠르게 움직이기 시작했다. 드디어 두 다리가 리드미컬하게 구름판으로 향했다. 딱 좋은 속도로, 물 흐르듯 부드럽게 다솜의 두 발이 구름판을 밟으니, 탄력을 받은 몸이 순식간에 작은 포물선을 그리며 뜀틀을 넘었다. 뜀틀 가장 위 칸에서 몸을 지탱하던 양손이 앞으로 나오자, 두 다리가 파란색 매트 위로 곧게 섰다.

"와!"

우혜가 환호를 지르며 박수를 쳤다. 다솜을 바라보는 두 눈에는 따뜻한 온기가 가득했다. 미숙도 웃으며 우혜를 따라 박수를 쳤다. 어느새 집중하고 있던 자신을 깨달은 바움이 저도 모르게 박수를 따라 치려던 손을 의식적으로 갈라놓았다.

"그런데 말입니다."

매트에서 걸어 나오며 자못 진지한 표정으로 다솜이 세 사람을 번갈아 바라봤다.

"조장은 미숙이가 하면 어때? 어, 지영이라고 부를까?"

다솜이 양손의 엄지와 검지만을 펴고, 나머지는 접어 총 모양을 만들어 미숙에게 쏘는 시늉을 했다. 다솜의 손가락을 바라보던 우혜의 두 눈이 미숙에게로 향했다.

"하긴, 니가 당연히 더 잘하겠지."

삐죽, 우혜가 아랫입술을 내밀었다. 그사이 다솜은 어느새 익숙해진 체육관 구석을 향해 뛰어가고 있었다.

당연히. 세상의 어떤 것도 당연한 것은 없다. 설사 그렇게 보인다고 해도, 다른 사람의 세상을 당연하다고 여길 권리는 그 누구에게도 없다. 너무나 당연한 너희들의 세상에서 당연하지 않은 존재. 그 모순을, 어떤 사람들은 영원히 알지 못할 것이다. 아직도 입술을 삐죽거리고 있는 우혜를 바라보며 미숙은 애써 웃어 보였다.

그러다 바움과 미숙의 눈이 절로 마주쳤다. 어쩐지 달라진 공기를 오직 둘만 느끼고 있다고 바움은 생각했다. 웃고 있지만 묘하게 일그러진 듯한 미숙의 표정이 낯설지 않았다. 하지만 이내 미숙의 얼굴에 언제나처럼 순수한 친절함이 퍼져 나가는 걸 바움은 놓치지 않았다.

"우혜야 이리 와봐. 방법은 간단해. 하지만 모든 동작을 정확하게 해야 해."

출발선에 선 미숙의 뒤로 그림자가 따라 섰다. 곧고 검은 그림자의 선들이 하나같이 참 기다랗다고 바움은 생각했다. 점에서 점, 유려한 곡선들을 눈으로 이어가는데, 문득 떨군 시선에 자신의 운동화가 들어왔다. 역시나 오른발은 밖을 향해 돌아가 있었다.

"1번, 구름판을 향해 전력으로 뛰어간다."

다솜과는 달리 별다른 준비 동작 없이도 미숙의 두 다리는 빠른 속도를 내며 안정적인 리듬을 만들었다. 바닥에 닿는 운동화에서 특별한 마찰음도 없었다.

"2번, 구름판을 밟으며 뜀틀 맨 위 칸의 중간을 손으로 짚는다."

체육 교과서 어딘가의 한 페이지에 실린 설명 사진처럼, 자신의 말과 정확히 일치하는 동작을 하면서도 미숙은 우혜와 바움을 번갈아 바라봤다.

"3번, 그 힘을 받아 뛰어올라 다리를 양옆으로 벌린다. ㅅ 자를 만든다고 생각하면 쉬워. 그럼 이렇게 붕 몸이 떠서 넘어갈 거야."

살짝 도움닫기를 한 미숙의 몸은 말한 그대로 붕, 높이 떴고 뜀틀에서 손을 떼자 오므려진 두 다리가 매트로 살며시 내려가 섰다. 마치 거장이 조종하는 정교한 마리오네트처럼 한 치의 오차도 없었다. 환호를 지르며 우혜가 다시 한번 박수를 쳤다. 입은 웃고 있지만, 다솜을 바라보던 눈빛의 온기는 보이지 않았다.

"너는 왜 같이 연습 안 해?"

뒤통수에서 느껴지는 고수의 기운에 다솜은 뒤를 돌아보지 않고도 누구인지 알 수 있었다. 이 친구는 아무래도 우리 조의 깍두기가 되고 싶은 걸까. 아니면 고수끼리의 결전을 앞두고 탐색전이라도 하고 싶은 걸까. 왠지 반가운 마음에 다솜의 입꼬리가 실룩거렸다.

"좀 전에 나 넘는 거 못 봤어? 초등과 중등 교과의 필수인 뜀틀 따위, 나는 이미 초3 때 완벽하게 마스터했거든. 더 이상의 연습은 무의미하다고나 할까."

그제야 고개를 돌려 눈을 맞추고 웃어 보이며, 다솜이 오른손으로 V 자를 만들어 얼굴 옆에 갖다 댔다.

"그래도 같이 연습해야 하는 거 아니야?"

체육관 창문의 창턱은 교실과는 달리 체육관의 바닥처럼 나무 재질이었다. 까만 뿔테 안경에 내려앉는 봄의 햇살을 바라보며 다솜이 다가가 옆에 앉았다. 두 사람이 걸터앉으니, 중력을 받은 창턱의 나무가 부드럽게 무게를 감싸안았다.

"안타깝게도 나는 고수로서의 자질은 타고났지만, 내 기술을 알려주는 건 잘 못 하거든. 고수는 원래 외로운 법!"

다시 한번 눈이 마주치자 어쩔 수 없이 두 사람 모두 웃어버렸다. 자기도 모르게 많은 이야기를 하고 싶게 만드는, 그러면서도 오히려 많은 이야기를 하고 싶어 하는 눈이라고 다솜은 생각했다.

"그런데 저기 미숙이를 봐."

교차하던 두 사람의 시선이 체육관 중앙으로 이동했다. 높이 점 프하지 못한 우혜가 뜀틀의 중간에 걸터앉았다. 우혜보다 더욱 아쉬운 표정을 지은 미숙이 손을 건네 우혜가 뜀틀에서 내려오는 걸 도와주었다.

"미숙이는 타고난 운동신경에, 친절하게 알려주는 것도 잘하니까. 범인들의 일은 그들에게 맡겨놓고, 나는 일인자의 고독한 운명을 즐기는 게 낫지."

다솜이 턱 끝을 들어 올리고는 제 머리카락의 끝을 살짝 치자, 윤이 나는 검은 머리카락이 제멋대로 흩날렸다.

"그런데 지난주에 왜 그런 거야? 남자애들 대신에 니가 공 맞았잖아."

허리에 힘을 주어 튕기며 다솜이 창틀에서 뛰어내렸다. 안전하게 두 발이 마룻바닥에 닿자, 양팔을 앞뒤로 펼치며 과장된 몸짓으로 중심을 잡았다.

"공을 맞다니. 말은 바로 해야지, 친구. 정확히는 공을 맞을 위험에 처한 친구를 내가 온몸으로 막아 도와준 거지."

두 발을 나란히 놓고 양팔을 옆으로 벌린 다솜이 허리에 힘을 주어 한 번에 휙 몸을 돌렸다. 무릎이 두어 번 제멋대로 흔들렸지만, 손끝만은 조금도 흐트러지지 않았다. 창틀을 향한 두 눈에는 결연한 의지가 보이는 것 같았다.

"위험에 처한, 어려운 일이 있는 사람들을 도와주고 싶으니까. 그게 바로 타고난 고수임에도 내가 단련을 쉬지 않는 이유지. 더 강해져야 더 많이 도와줄 수 있을 테니까!"

여전히 장난스러운 억양임에도 말끝에는 다솜의 목소리가 조금 떨렸다. 두 볼도 어쩐지 붉어졌다. 그러고는 헤헤, 과장되게 웃는 소리와 함께 폴짝 제자리 뛰기를 시작했다. 그런 다솜을 바라보는 뿔테 안경 속 두 눈이 촉촉해지고 있었다.

"그래서였구나…."

등 뒤로 와 닿은 시선을 알아차리지 못한 채, 다솜은 여전히 팔과 다리를 벌리며 가볍게 제자리에서 뛰었다. 다솜이 제법 높이 뛰었을 때, 창밖으로 이선의 모습이 보였다.

"어, 교감 쌤 또 오셨네."

왠지 모를 반가움에 다솜이 움직임을 멈추고, 한 팔을 들어 이선에게 힘껏 흔들었다. 다솜을 못 보았는지 이선은 열린 창을 통해 실내 여기저기를 살필 뿐이었다. 다른 팔까지 마저 들어 흔드는 다솜의 손가락에서 은빛의 반지가 반짝였다.

"너는 교감 쌤이 좋은가 보네? 무서워하는 애들 많던데. 검은색 옷만 입는 것도 마녀 같다고 하고."

검은 뿔테 안경을 올리는 손이 미세하게 떨리고 있었다.

"무서워? 교감 쌤이? 난 멋있는데."

다솜이 없는 안경이라도 올리는 듯 손동작을 따라 했다. 상대의 가는 떨림을 알아채진 못한 것 같았다.

"우리 엄마는 검은색 옷 잘 못 입게 하거든. 여자는 밝은색 옷 입어야 한다고. 하늘색, 핑크색 뭐, 그런 거 있잖아."

뿔테 안경 너머 두 눈이 다솜의 헐렁한 체육복을 빠르게 살폈다. 원래 입는 것보다 두 치수 이상은 클 게 분명해 보였다. 그런데도 자연스레 편안해 보이는 모습이었다.

"교복이 체육복이라 얼마나 좋은지 몰라. 근데, 넌 그 재킷이랑 교복 안 불편해? 우리 학년에 교복 입는 애 너밖에 없을걸."

결국 눈길을 주지 않는 이선에게 손 흔들기를 포기한 다솜이 입으로 슉, 소리를 내며 단숨에 뒤로 돌았다. 선배들에게 물려받았을 게 분명한 교복은 제법 낡은 티가 났지만 교복을 입은 모습이 더없이 잘 어울리는 것 같았다. 어깨를 으쓱이는 것으로 보아, 상대는 다솜의 질문에 대답할 생각은 없어 보였다.

미숙의 자세하고 정확한 설명을 머리로는 제대로 이해했지만, 막상 다시 출발선에 서자 우혜는 심장이 쿵쾅거리는 걸 느낄 수 있었다. 함께 시간을 채우는 것만으로도 의미는 있겠지만, 중학생이 된 만큼 이제는 우혜도 뜀틀을 넘어보고 싶었다. 다솜처럼, 아니 그 정도는 바라지도 않으니 그저 다른 애들만큼만 했으면. 자신이 운동신경이 좋지 않다는 건 이미 알고 있었다. 그래도 대부분이 잘 넘는 몇 개의 나무 조각들 때문에 자존심 상하는 게 더는 싫었다.

1번, 2번, 3번. 다시 한번 순서를 되뇌는 우혜의 입술이 달싹였다. 구석의 다솜을 바라봤지만, 역시나 이쪽은 바라보지도 않고 있었다. 도대체 뭐가 재미있는 건지. 창가를 바라보고 선 다솜의 뒷모습이 반듯했다. 미숙이 말한 것처럼 모든 동작을 정확하게 해야 하는데, 그러니까 집중해야 하는데. 다솜의 뒷모습을 바라보다 이내 우혜가 고개를 몇 번 흔들었다.

출발선을 넘을 때까지만 하더라도 두려움보다는 자신감이 조금 더 컸는데, 길지 않은 거리 끝에 놓인 나무 조각들에 가까워질수록 우혜의 다리가 리듬을 잃었다. 구름판을 구르는 양발이 시차를 만들었다. 그러면서 이번에도 오른손이 뜀틀의 중앙을 제대로 짚지 못했다.

달려간 미숙이 부축하기도 전에 우혜의 몸은 오른손 쪽으로 떨어지고 말았다. 뜀틀 자체가 높지 않아서 다행이었다. 우혜는 미숙의 손을 잡고 금방 일어났다.

"손목이 지지대야. 힘을 잘 줘야 해."

잡은 미숙의 손이 따뜻하다고 우혜는 생각했다.

"다시 한번 해볼래?"

미숙의 표정이 너무 진지해서, 우혜는 마치 진짜 운동 코치와 선수로 한 팀이 된 것 같은 기분이었다. 그러고 싶지 않았는데도, 우혜는 이상하게 슬며시 웃음이 났다. 그런 두 사람을 바라보는 바움의 표정은 반대로 조금씩 어두워지고 있었다.

어느새 이선은 체육관의 앞문 안으로 한 발을 집어넣고 실내와 실외에 반반씩 걸쳐 서 있었다. 몇 바퀴를 제자리에서 빙글빙글 돌던 다솜이 갑자기 멈춰 눈을 감고 중심을 잡았다. 흔들리는 몸을 느끼며 다리에 힘을 주었다. 한쪽은 여전히 감은 채 다른 한쪽 눈을 뜨자, 아직은 어지러움에 머리가 띵했다. 새 친구의 옆으로 다시 가 앉으며, 다솜이 주머니에서 악력기를 꺼내 들었다.

　"근데 교감 쌤은 안 바쁘시나? 다른 조 연습할 때도 항상 와서 보신다던데."

　몇 번 힘주기를 반복하던 손이 멈추더니, 악력기에 자꾸만 걸리는 은색 반지를 빼냈다. 다솜은 후드 티셔츠의 목 부분을 앞쪽으로 끌어내려 티셔츠 속에 가려져 있던 목걸이를 풀어냈다. 그러고는 반지를 펜던트처럼 긴 줄에 끼워 다시 목에 둘렀다.

　"세상에는 말이야, 세 종류의 어른이 있어."

　티셔츠 안쪽 목에 닿은 반지의 차가움에 다솜이 순간 어깨를 움츠렸다.

　"으응?"

　움츠린 어깨처럼 두 눈도 잠깐 질끈 감겼다.

　"좋은 어른, 나쁜 어른, 그리고 물끄러미 어른."

　"물끄러미 어른?"

　이제 이선의 두 발은 모두 체육관의 앞문 안으로 완전히 들어와 있었다. 우혜가 거듭 출발선에 서자, 이선의 두 발이 우혜보다 먼저 동동거리기 시작했다.

"나쁜 어른도 아니지만 그렇다고 좋은 어른도 아닌, 우리가 뭘 하든 그저 저기 멀리 서서 물끄러미 바라보기만 하는 어른 말이지."

이선을 의식한 우혜가 출발하려다 멈칫 제자리에 서버렸다. 그러자 이선이 참았던 숨을 한꺼번에 몰아 내쉬었다. 그러고는 두 손을 모아 힘을 주어 잡고, 우혜를 향해 고개를 세차게 끄덕이기 시작했다.

"그래서 교감 쌤이 물끄러미 어른이라고? 물끄러미가 아니잖아, 완전 가까이 와서 대놓고 보시는데? 눈에서 레이저 나올 것처럼. 그럼… 대놓고 어른 아니야?"

다솜이 오른손의 검지와 중지만을 펴 양쪽 눈에 대었다가 이선 쪽으로 움직이기를 여러 번 되풀이했다.

"교감 쌤은 물끄러미 어른이 아니야."

처음으로 듣는 단호한 목소리였다. 듣고 있으면 어느샌가 긴장이 풀리고 집중하게 되는 말투는 여전했지만, 또래에게서는 들어본 적 없는 단단함이 느껴졌다. 덕분에 다솜의 손에서 자연스레 장난기가 걷혔다.

"그럼?"

"한국말은 끝까지 들어야지, 친구."

바람이 불어왔다고 다솜은 생각했다. 머리카락도 날리지 않았지만, 코끝에 봄의 꽃향기도 느껴지지 않았지만 순간, 바로 저기서 뛰어다니고 있는 친구들이 아득하게 느껴졌다. 언제 악력기를 멈췄는지도 기억나지 않았다. 자기도 모르게 흔들고 있던 두 다리도 얌전해졌다. 왠지 다솜은 그 어느 때보다 차분한 기분이었다.

"세상에는 말이야, 세 종류의 어른이 있어. 좋은 어른, 나쁜 어른, 물끄러미 어른. 그리고… 교감 쌤이 있어."

아직도 무슨 뜻인지, 왜 이런 말을 하는 건지 완전히 이해되지는 않았지만 다솜은 확신할 수 있었다. 다른 아이들과는 선명하게 다른 새 친구가 점점 더 마음에 들기 시작했다는 걸. 중요한 질문에는 입을 닫아버리지만, 그렇더라도 대답을 들은 것만 같은 기분이라는 걸. 그리고 자기의 그런 기분 역시 새 친구는 제대로 이해하고 있을 거라는 걸.

이번에는 출발도, 구름판까지 달려가는 속도도 전보다 훨씬 더 안정적이었다. 두려움과 자신감의 정도를 비교하자면, 이번에는 자신감이 조금 더 클 거라고 우혜는 생각했다. 운동을 잘하는 다솜이 우혜는 늘 부러웠다. 아니, 좋고 멋있고 자랑스러웠다. 그런 다솜이 응원을 해준다면 더 잘할 수 있을 것 같은데.

구름판을 밟는 발도 흐트러지지 않았다. 양손도 뜀틀의 3분의

2 지점, 미숙이 말한 부분을 정확히 짚었다. 이제 몸이 작은 포물선을 만들겠지, 하고 생각한 순간 우혜는 그대로 뜀틀 끝부분에 엉덩이가 걸려 주저앉았다. 매달린 다리가 대롱대롱 뜀틀 옆면에 부딪치고 있었다. 다가온 미숙이 우혜의 어깨를 톡톡 두드렸다.

"너, 아직 좀 무섭지?"

그래도 아까보다는 덜 무서웠는데, 하고 말하는 듯한 우혜의 표정을 미숙이 살피는 동안 그 등을 바움이 바라보고 있었다.

"겁내면 안 돼. 그럼 니 몸도 함께 겁을 먹을 거야. 그냥 몸이 가는 대로 해봐."

오른쪽 다리를 축으로 디디며 우혜가 뜀틀에서 내려왔다.

"그래도 아까보다 훨씬 더 잘했어."

미숙이 우혜를 향해 양손의 엄지를 들어 보였다. 미숙을 향해 희미한 미소를 억지로 지어 보이고는 우혜가 다솜을 바라봤다. 창턱에 얌전히 걸터앉은 다솜의 시선이 이선에게 고정되어 있었다. 이제는 인정해야겠다. 우혜는 달라진 다솜에게 서운했다. 내내 그랬지만, 잠시뿐일 거라고 생각했다. 하지만 그 잠시가 어쩌면 더욱 길어질 것 같다는 슬픈 예감이 들었다.

"이번에는 바움이도 해볼래?"

처음 보는 자기 모습에 미숙은 놀라고 있었다. 다솜이 조장을 해보는 게 어떻겠냐고 했던 30분 전만 해도 분명 내키지 않았는데. 시범을 보이고, 우혜의 연습을 도와주고, 이제는 자연스레 바움의 차례까지 유도하고 있다니. 미숙은 친구들을 돕는 게 즐거웠다. 동시에 체육관 여기저기를 바라보는 바움의 표정이 어둡다는 것도 느낄 수 있었다. 혹시나 그 이유가 지금 자신이 느끼는 이 마음이 보여서일까 싶어 미숙이 조심스레 바움을 바라봤다.

특별한 핑계가 떠오르지 않아, 피할 수도 없었다. 처음부터 박차고 나가지 않은 걸 바움은 후회하고 있었다. 뜀틀의 원리를 머리로야 예전부터 이해했다. 단순하지만 명확한 물리학. 하지만 세상이 그렇게 돌아가지만은 않는다는 것도 바움은 이미 잘 알고 있었다. 세상은 바움에게 너무나 가혹했다. 차라리 이해할 수 없어서 원망이라도 할 수 있었더라면, 그편이 훨씬 더 나을 거라고 바움은 늘 생각해 왔다.

"서바움 파이팅!"

체육관 창가에서 들려오는 다솜의 목소리는 곧고 맑았다. 때 묻지 않은 백 퍼센트의 진심이 듬뿍 담겨 있었다. 억지로라도 힘을 내고 싶어져서, 바움은 조금 슬퍼졌다. 다솜이 자리에서 일어나 바움을 향해 두 손을 흔들어댔다. 우혜가 그런 다솜과 바움을 번갈아 바라봤다. 바움은 들리지도 보이지도 않는다는 듯 전혀 반응하지 않았다.

뜀틀이 있는 체육관의 중앙에서 가장 가까운 벽 옆으로 이선이 와서 섰다. 언제든 바움을 향해 뛰어나갈 준비가 되어 있는 듯 상체는 앞으로 많이 숙인 채였다. 보풀이 잔뜩 붙어 있는 검은색 코트가 이리저리 제멋대로 흔들렸다.

바움은 사실 내내 긴장하고 있었다. 이렇게 오랫동안 서 있는 것만으로도 밤이면 다리는 퉁퉁 붓고 아팠다. 차라리 못 하겠다고 해버릴까. 지금이라도 돌아서면 그뿐일 것 같았다. 계속 떨쳐내려 노력해 봤지만, 그럴수록 머릿속이 더욱 복잡해졌다. 어젯밤 엄마의 서재에서 본 서류 한 장이 계속 눈앞을, 마음을, 세상 전체를 이리저리 헤집고 있다는 걸 그제야 바움은 깨달았다.

"잠깐만."

바움이 겨우 출발선에 섰을 때, 미숙이 얼른 뜀틀로 뛰어갔다. 익숙한 나무틀을 몇 번 더 살펴보더니, 허리를 굽혀 쌓았던 순서 반대로 하나씩 들어 올렸다. 그러고는 가장 아래 세 개를 들어 우혜가 서 있는 쪽으로 가져다 놓았다. 딱 반만큼 작아진 뜀틀은 구름판과 파란색 매트와 전혀 균형이 맞지 않아 보였다.

∗∗

드르륵, 소리가 유난히 크게 울려 퍼졌다. 1학년 교무실의 모든 시선이 출입문으로 향했다. 차분한 발소리가 안으로 이동하고 있었지만, 칸막이 너머에서는 어느 각도에서건 움직이는 이의 정수리가 보이지 않았다. 대신 뒤이어 다급한 숨소리가 온몸으로 출입문에 부딪히며 뒤따라 들어왔다. 거기서 더 나서지 않은 채, 이선은 출입문의 안쪽에서 숨을 고르기 시작했다.

"쌤."

앉아 있는 박원의 곁으로 바움이 다가와 섰다. 박원이 바움을 향해 의자를 돌렸다. 그래도 시선을 맞추기 위해 조금 더 고개를 아래로 옮겨야 했다.

"응, 바움아. 무슨 할 말 있어?"

아직 연습이 한창일 시간이었다. 걱정하던 그 말만은 아니길 박원은 바랐다.

"전 빼주세요, 뜀틀 연습이요. 저는 안 되는 거… 아시잖아요."

겨우 맞추었던 눈인데, 말끝을 흐리며 바움의 눈꺼풀이 스르륵 아래로 내려앉고 있었다.

"혹시, 애들하고 무슨 일 있었니?"

조금은 예상했던 상황이었다. 설마 그러지는 않겠지, 생각하면서도 미리 준비해 둔 대답을 하는 수밖에. 박원에게도 쉽지 않은 대화가 시작되고 있었다. 박원이 크게 숨을 들이마셨다.

"아니에요, 그런 거."

"그러면 왜?"

바움의 목소리는 단단했지만, 굳이 찾자면 슬픔이 배어 있다는 걸 박원은 느낄 수 있었다.

"저는 애들하고 다르잖아요. 똑같이 연습하다가는 다칠 위험도 있고, 애들한테 피해주는 것도 싫어요."

"바움아."

많이 극복했다고 생각했는데, 여전히 허우적대고 있다는 걸 박원은 인정해야 했다. 딱 바움과 같은 나이에, 비슷한 슬픔을 느끼며 늘 물러서기만 했던 자신이 떠올랐다. 그 일을 다시 지켜보는 것이 이렇게나 힘들지도 알지 못했다.

"그냥 저 빼주세요. 그리고 저만 0점 주세요. 그러면 되는 거 아니에요?"

얼마나 고민했을지, 말을 꺼내기까지 얼마나 아팠을지 박원은 잘 알고 있었다. 그래도 바움은 제 입으로 '다르다'라는 말을 할 줄 아는 아이였다. 자신도, 바움도 포기해서는 안 된다고 박원은 생각했다. 크게 숨을 고르고 막 대답하려는 참이었다.

"그러니까요, 애들이 다칠 위험이 있어요. 아주 위험해요!"

어느새 다가온 이선이 바움 곁으로 바짝 붙어 섰다. 소리를 지르느라 목의 핏대가 단단히 서 있었다. 그제야 옆자리의 경복이 고개를 들어 상황을 바라보기 시작했다.

"다른 애들은, 그러니까 우혜 같은 애들이요. 연습하면, 시간이 지나면 5단, 6단 넘을 수 있을 거예요. 하지만 저는… 절대 넘을 수 없어요. 영원히…."

영원히 불가능하다는 체념이 아닌, 그러므로 포기하겠다는 절망이 아닌, 그렇더라도 함께하는 소중함을 배우길 바랐는데. 상처만으로 끝내서는 안 된다는 생각에 박원은 조바심이 났다.

"바움아, 누구나 뜀틀을 넘을 수도, 못 넘을 수도 있어. 중요한 건…."

의지와는 상관없이 박원의 말이 평소답지 않게 빨라지고 있었다.

"그래도 서바움 학생은 출발점이 다르지 않냐고요! 다른 애들보다 몇 배는, 아니 몇십 배는 더 위험할 수도 있다고요!"

이선이 팔을 뻗어 바움을 뒤에 가두고 한 걸음 앞으로 나섰다. 그러고는 뒤로 뻗은 오른팔로 바움의 어깨를 감싸안았다. 이선의 손끝이 닿자, 바움이 크게 한 발 더 뒤로 물러났다.

**

축 처진 어깨만큼 박원의 고개도 중력을 따라 아래로 향했다. 학교 본관 건물에서 운동장 옆의 농구장으로 이어지는 높이가 높은 계단에 걸터앉은 다리도 평소와는 다르게 힘이 없었다. 트레이닝복 바지가 바람에 날리며 바스락 소리를 냈다. 박원은 운동화 속 발가락 끝에 힘을 주어 계단 위에 마른 흙을 밀어냈다. 시원한 캔 음료가 박원의 어깨쯤에 먼저 도착하고, 뒤이어 경복이 옆으로 다가와 앉았다.

"다른 쌤들처럼 구립 도서관 연계 프로그램으로 할걸, 후회하고 계시죠? 다들 하는 문예 창작이나 진로 탐색 그런 거요."

경복이 캔 뚜껑을 따는 소리가 유난히 경쾌했다.

"아니에요, 그런 거."

박원도 겨우 힘을 주어 뚜껑을 열었다.

"선생 똥은 개도 안 먹는다는 옛말 있잖아요."

피식. 별다른 농담이 아닌데도 박원은 웃음이 터졌다. 분명 힘이 빠지는 상황에서 겨우 벗어났는데, 평소에도 웃음이 많지 않은데. 마주친 경복의 눈빛이 참 따뜻하다고 박원은 생각했다. 누구에게나 친절한 사람은 박원이 가장 경계하는 세계였다. 거슬릴 정도는 아니더라도, 경복이 바로 그 누구에게나 친절한 사람이었고. 그런데도 자연스레 적당한 거리를 두고 옆자리에 앉는 경복이 박원은 불편하지 않았다. 늘 다른 사람들을 향해 튀어나오는 마음의 가시가 웬일인지 고개조차 들지 않았다.

경복이 누군가를 향해 반색하며 엉덩이를 들썩였다. 손을 들어 크게 흔드는 곳에 퇴근하는 동료들이 보였다. 박원도 살짝 고개를 숙여 인사했다. 경복의 팔이 흔들리며 만들어내기라도 하듯 봄바람이 요동치자, 주변의 개나리 꽃잎들이 일제히 흩날렸다. 마치 노란색의 눈송이 같다고 박원은 생각했다. 봄의 눈, 몇 장의 꽃잎이 박원의 처진 어깨로 날아와 살포시 내려앉았다. 털어낼까 하다 그냥 두었다.

"김 선생님은 혹시 바움이 같은 학생, 전에도 가르쳐보신 적 있으세요?"

대답을 들어야 하는 꼭 필요한 질문이 아니라면 하지 않는다는 철칙은 동료뿐 아니라 가족에게도 철저히 지켜왔다. 다른 사람들의 질문에도 가능한 단답형으로, 더 이상의 대화가 이어지지 않게 대답하는 요령도 익혔다. 마지막으로 이렇게나 자연스럽게 마음 편히 대화를 해본 게 언제였을까. 박원은 기억나지 않았다.

"아니요. 저도 처음이에요."

경복이 한 모금에 남은 음료를 끝까지 들이켰다.

"살면서 우리 아이들 나이 때가 정말 중요하잖아요. 저는 그러지 못했지만, 아이들이 많은 걸 자연스레 느낄 수 있기를 바랐어요. 바움이도, 그리고 저희 반에 공미숙이라고…."

동의를 구하듯 박원이 경복을 바라봤다. 경복이 고개를 끄덕였다.

"거울 효과라는 말이 있잖아요. 사람들은 무의식적으로 자신과 비슷한 외모의 또는 비슷한 행동을 하는 사람에게 호감을 느낀다고요. 그래선가 제 아내도 저처럼 거의 백발이에요."

경복의 감색 생활한복 위로도 노란색 꽃잎들이 몇 장 떨어졌다. 그 몇 개의 점을 박원이 무심코 선을 잇듯 바라봤다.

"그런데 반대의 경우도 있잖아요. 오히려 자기를 닮거나 비슷한 행동을 하는 사람에게서 불편함을 느끼는 거죠. 일종의 자기부정이라고 해야 할까요. 거울 효과와 그 반대는 어쩌면 본질적으로는 같을지도 몰라요. 다만, 스스로가 자기를 어떻게 받아들이고 있느냐에 따라 둘 중 어느 쪽인지가 결정되는 게 아닐까 싶네요."

자리에서 일어나는 경복을 따라 박원도 일어나 섰다.

"기분 나쁘게 듣지는 마세요, 박 선생님. 교감 선생님이랑 박 선생님, 어쩐지 다른 것 같으면서도 비슷해 보일 때가 있어요."

"네?"

기분이 나쁘지는 않았다. 다만, 조금 놀랐다고 해야 할까. 이미 한 걸음 앞서 걷기 시작한 경복을 따라갈 생각도 못 한 채 박원은 가만 멈추어 있었다. 이선과 비슷하다니. 그러다 문득 떠오른 풍경에 박원이 경복을 불러 세웠다.

"그런데 교감 선생님 혹시 아들이 있으세요? 혼자시라고 들었던 것 같아서요."

양쪽 어깨를 살짝 들었다 내린 경복이 빈 캔을 옆의 쓰레기통에 집어넣었다.

"사생활은 저도 잘 몰라요."

4

지난겨울 새로 단장한 미술실은 여느 교실들과 확연히 다른 분위기였다. 일정한 규칙 없이 공간을 나누는 곡선을 따라, 벽은 다양한 색으로 칠해져 있었다. 온통 회색에 네모뿐인 교실에서는 절로 긴장했던 어깨들이 미술실 의자에 앉아 자연스레 힘을 풀었다. 넉넉지 않은 예산에 겨울방학의 대부분을 경복이 희생한 결과였다.

"오늘부터는 초상화를 그려볼 거야. 친구의 얼굴을… 아니다, 꼭 얼굴이 아니어도 괜찮으니까 그냥 친구를 그린다고 하자."

교탁의 안쪽이 아닌 바깥, 아이들과 더욱 가까운 곳에 기대선 경복이 자기에게로 집중된 얼굴들에 하나하나 응답하듯 눈을 맞췄다.

"너무 어려워요!"

"이런 거 왜 해요!"

언제나처럼 조용하지 않은 목소리들이 한꺼번에 터져 나왔다.

"저 진짜 그림 못 그리는데, 나중에 보고 싸우면 어떡해요?"

이어진 느닷없는 고백에 아이들도 경복도 같은 박자로 웃었다.

"어떤 형태든 괜찮아. 연필로만 그려도 되고, 색을 입혀도 되고, 그림자를 그려도 되고. 정말이지 그리는 게 너무 어렵다 싶은 사람은 점만 하나 찍어도 되고."

경복이 4B 연필을 들어 허공에 점을 찍는 시늉을 하자, 뭉툭한 연필심의 끝을 바라보던 얼굴들이 다시 한번 웃음을 터트렸다.

"하지만 중요한 건, 그 그림에 대해 설명할 수 있어야 한다는 거야. 점을 찍더라도 왜 이 점을, 이 각도에, 이 크기로, 이 색깔로 찍었는지 나를 설득할 수 있어야 해. 의미가 있어야 한다는 거지."

의미 있는 점. 경복의 연필 끝을 유난히 오랫동안 바라보던 다솜이 체육관의 새 친구를 떠올렸다. 왜 이렇게 불쑥불쑥 그 친구가 떠오르는 건지. 어쩌면 저 점이 마술이라도 부리고 있는 걸까, 다솜의 미간이 좁아졌다.

"너희 반 뜀틀 연습한다며. 그 조별로 이동해서 앉아볼래?"

벌써부터 지겹다는 볼멘소리를 하면서도, 이미 제법 친해진 듯 조별로 이동해 앉는 아이들의 얼굴에는 저마다 미소가 가득했다.

바움이 앉아 있던 책상으로 다솜과 우혜가 와서 반대편에 앉았다. 멀리 앉아 있던 미숙도 와서 바움의 옆자리 의자를 뺐다. 우혜가 미숙을 향해 손을 들어 흔들었다.

"오늘은 친구의 얼굴을 살펴보면서 어떻게 그려나갈지 구상하는 시간이야. 중요한 건 메모를 해도 되고, 궁금하면 친구 얼굴을 만져봐도 되고."

스케치북을 열려다 이내 닫아버린 다솜이 우혜의 얼굴을 빤히 바라봤다. 눈으로 사진이라도 찍는 듯 천천히 바라보는 다솜의 시선에, 삐죽 아랫입술을 내밀면서도 우혜는 턱을 앞으로 내밀며 다솜에게 시선을 맞췄다.

"어때? 오랜만에 봐도 너무 예쁘지?"

두 사람을 바라보던 미숙과 바움의 턱도 조금씩 앞으로 나왔다.

"역시, 니 얼굴은 하도 많이 봐서 눈 감고도 그릴 수 있다니까."

일부러 더 질끈 눈을 감고는 다솜이 손으로 더듬어 책상 위의 스케치북을 찾았다. 대충 몇 장을 넘기더니 슥슥 연필로 재빨리 긴 선을 이어갔다.

"아, 뭐야!"

다솜의 스케치북과 연필을 빼앗아 가는 우혜의 두 볼에서 빛이 났다. 나왔던 아랫입술이 이제는 양옆으로 크게 벌어지며 웃고 있었다.

"걱정이네. 나 그림 정말 못 그리거든."

조금 어색하게 바움과 눈이 마주치자 미숙이 먼저 웃어 보였다.

"나, 오늘부터 뜀틀 연습 안 갈 거야."

미숙이 기대한 대답이 아니었다. 바움은 대충 스케치북을 한 장씩 넘기고 있었다.

"뭐? 쌤이 계속하라고 하셨다면서."

더 기다려도 소용없다는 듯, 바움의 두 입술이 단단히 맞물렸다. 미숙이 막 열려던 스케치북도 다시 닫혔다. 나란히 앉은 두 사람의 어깨가 하나는 높고, 하나는 낮았다. 등 뒤에서 내리쬐는 햇빛에 널따란 조별 책상의 중간에 하나는 크고, 하나는 작은 그림자가 드리웠다. 겨우 열리기 시작했던, 서로를 향한 새로운 세상의 문도 함께 닫히고 있었다.

전원을 꺼둔 것은 아닌 게 분명한 휴대전화의 신호음을 미숙은 반복해서 듣고 있었다. 우혜와 다솜이 뜀틀과 장비를 준비하는 걸 보면서도, 결국 받지 않을 거란 생각을 하면서도 미숙은 몇 번이나 같은 번호로 전화를 걸고 끊기를 반복했다.

그래도 최소한의 책임감 정도는 있을 거라 생각했었다. 그동안 소문으로만 알고 있던 바움과 같은 반이 되었을 때, 미숙은 처음으로 겪는 복잡한 감정이 신기했다. 한 번쯤 만나보고 싶다는 생각과 그래서 만나기 싫다는 반대의 감정. 어쩌면 누구보다 서로를 잘 이해할 수도 있을 것 같다는 기대가 크기 때문인지 알 수 없는 두려움이 함께였다.

이제 겨우 한 달이지만, 처음의 두려움은 어느새 사라지고 있었다. 그리고 조금이나마 두려워했던 것에 대해 미안하다고까지 느꼈다. 미숙은 바움이 싫지 않았다. 어쩌면 다른 아이들보다 조금은 더 좋은 것 같았다. 굳이 말하고 싶지 않은 건 묻지 않았고, 그런데도 못 참고 나오는 말에는 그저 귀를 기울여줬다.

남들의 시선에서 자유로울 수 없는 한 사람과 또 한 사람. 바움은 미숙과 함께 있는 걸 불편해하는 눈치였지만, 어쩌면 그렇기에 시간이 지나면 오히려 괜찮아지지 않을까 미숙은 생각했다. 혼자였을 때는 도저히 가질 수 없는 용기와 힘이 두 배로 늘어날지도 모르니까. 굳이 말로 하지 않아도 비슷하게 겪어온 불편한 상황들을 서로만은 이해할 수 있을 거라 미숙은 기대했었다.

이렇게나 쉽게 뜀틀 연습을 포기할 줄은 몰랐다. 미숙이 누구에게도 베풀어본 적 없는 친절과 배려를 하고 있다는 걸 분명 바움이 알 거라 생각했다.

몇 번인지 기억나지 않을 만큼 많은 시도 끝에, 미숙은 결국 바지 주머니에 휴대전화를 집어넣었다. 혹시나 놓치지 않으려 무음에서 진동으로 바꾸어뒀다. 미숙을 바라보던 우혜와 다솜에게는 그저 고개를 가로저어 보였다. 이미 두 사람은 뜀틀 준비를 마친 상태였다.

"어쩔 수 없네. 우리끼리라도 해보자."

두 사람은 바움이 없는 게 아무렇지도 않다는 건가. 뜀틀을 노려보고 있는 우혜의 진지한 표정에 이상하게도 미숙은 사라져 버린 바움이 아닌 우혜에게 서운해졌다.

"나 오늘은 정말 한 번은 꼭 넘어보고 싶어. 할수록 재미있네, 이거."

분홍색 머리끈으로 머리를 하나로 묶으며 우혜가 출발선으로 달려갔다. 순서대로 발목을 돌리고, 손목을 털고 팔로 크게 원을 그리며 어깨를 풀었다.

"솜아, 오늘은 너도 좀 도와줘!"

이미 큰 포물선을 그리며 다솜이 유려하게 뜀틀의 정상을 넘어가고 있었다. 매트 위에 착지하자, 그대로 몸 전체를 앞으로 한 바퀴 굴러 한쪽 다리만 세워 앉고는 양팔을 옆으로 뻗었다.

"공 마스터의 가르침을 잘 받들어봐! 나는 이만 지구를 지키러 떠난다!"

우혜를 향해 흔드는 다솜의 두 손도 오늘따라 조금은 미워 보인다고 미숙은 생각했다. 우혜가 연습을 할수록 재미있다고 했듯이, 미숙도 우혜와 바움의 연습을 도와주는 게 조금씩 재미있어지고 있는 참이었다. 그동안은 한 번도 느껴본 적 없는 감정이었다.

"오늘은 한 명이 없네."

오늘도 먼저 와서 자리를 잡고 있는 구경꾼에게 다솜은 익숙하게 고개를 끄덕여 보였다. 이제는 조금 더울 텐데, 여전히 모직 재킷까지 단단히 갖춰 입은 교복이 조금은 답답해 보였다.

포기를 모르는 듯 지겹도록 계속 울리던 휴대전화의 진동이 드디어 멈췄다. 조금 더 기다렸다가 진동이 울리지 않는 것을 확인한 후에야 바움이 휴대전화를 무음으로 바꿨다. 부재중 전화 열통. 휴대전화를 대충 책상 위 아무렇게나 던져두고는, 의자로 올라가 앉았다.

중학교에 입학하면서 새로 구입한 책상과 의자 세트였다. 엄마는 더 작은 어린이용이 좋을 거라고 했지만, 바움은 그러고 싶지 않았다. 학교에 적응하기 위해서라도 큰 책상과 의자가 필요하다고 피력했다. 무엇보다 이제는 어린이가 아니니까, 중학생이니까.

초등학교를 졸업하고 중학생이 되는 게 특별한 일은 아니었다. 하루가 다르게 키가 크는 아이들을 지켜보는 것도 이제는 조금 더 담담하게 받아들일 수 있을 것 같았다. 언제나 그래 왔듯 별다를 것 없이 혼자서도 잘 지내고 싶었다. 그러니까 뜀틀 연습 따위는 없어야만 했다. 그런 유별난 이벤트는 중학교 생활에서 필요 없었다.

바움은 노트북 컴퓨터의 전원을 켰다. 몇 초 걸리지 않아 로그인 화면이 떴다. 사진 속 한적한 유럽의 어느 시골 마을은 예전에 가본 곳인 듯, 낯이 익었다. 바움은 자연스레 책상 옆 책장에 놓인 액자들을 둘러봤다.

항공사 기장인 아빠와 여행을 좋아하는 엄마 덕분에 1년에 몇 번은 해외로 가족여행을 했다. 다녀오면 엄마가 가장 먼저 하는 일이 풍경 사진을 인쇄해 액자에 끼우는 것이었다. 간간이 여행 사진을 보는 게 즐겁기도 했지만, 앞으로는 가족여행에서도 빠져야겠다고 바움은 생각했다. 평화롭게 느껴지던 어딘가의 바닷가, 잔잔한 소음과 뜨거운 햇빛도 필요 없을 것 같았다.

로그인 화면에 비밀번호를 입력할 때, 노트북 옆의 휴대전화 화면이 켜졌다. 생각보다 끈질긴 애네. 성큼성큼 걷는 미숙의 두 다리가 떠올랐다. 결국 다시 꺼진 화면을 터치해 화면을 확인하니, 미숙이 아닌 엄마였다. 아직 학교에 있는 줄 알아서 전화할 일이 없을 텐데. 무슨 일이라도 있나 싶어 통화 버튼을 누르려다, 바움은 얼른 그만두었다.

전화 발신 화면을 닫자 곧바로 메시지 앱의 알림이 떴다. [오늘 특별 활동 안 갔다며? 지금 어디야?] 엄마한테 연락이 갈 만한 일이라고는 생각도 못 했다. 미숙이 연락을 한 걸까. 하긴 미숙이 엄마의 연락처를 알 리는 없었다. 미리보기로 내용을 확인한 메시지 앱을 굳이 열지 않았다. 답을 하지 않더라도 바움이 갈 만한 곳은 집, 이 방뿐이라는 걸 엄마도 잘 알고 있을 거였다.

휴대전화를 덮어 놓고는 바움이 인터넷 검색창을 열었다. 그동안 몇 번이나 망설이기만 했던 단어를 천천히 검색창에 쳐서 넣었다. 단지 몇 개의 글자를 쓰는 것뿐인데, 누가 보는 것도 아닌데, 손바닥에는 땀이 배었다.

'사지 연장술'.

지금까지 왜 그렇게나 망설이고 주저했는지, 왜 하필 오늘은 꼭 검색해 보고 말겠다고 생각했는지 바움도 알 수 없었다. 언젠가 병원에서 처음 들었을 때, 엄마가 단호하게 생각이 없다고 답하던 게 떠올랐다.

병원 광고와 링크, 블로그들을 지나 한참 아래로 내려오니 이미지들이 떠올랐다. 사진의 윗부분만 슬쩍 보이는데도 다리를 둘러싼, 그리고 그 다리를 관통하는 둥근 철심들이 꽤 길고 두꺼웠다. 이렇게 하는 줄은 몰랐는데. 마우스 휠을 조금 더 내리려다 얼른 화면을 꺼버렸다. 크고 날카로운, 차가운 철심이 바움의 심장을 쿡쿡 찌르는 것만 같았다. 절로 미간이 찌푸려졌다. 세차게 뛰는 심장이 느껴졌다. 놀랐다는 건 그제야 깨달았다. 바움은 노트북의 화면을 거칠게 덮어버렸다.

"그런데 너는 몇 반이야? 이름은?"

미술 시간 과제로 정말 딱인데, 아쉬움에 다솜이 고개를 가로저었다. 큰 점 하나만 제대로 그리면 되니까. 미술 선생님을 설득할 의미도 충분했다. 둘만이 느끼는 이 말할 수 없는 감정도 행동으로나마 재미있게 설명할 수 있을 것 같았다. 우혜의 얼굴을 우혜의 바람대로 예쁘게 그리느라 힘들이지 않는 것도 좋을 거라 확신했다.

"너는 그런 거 안 물어볼 줄 알았는데."

기대한 대답은 아니었지만 빙글 웃는 얼굴이 참 선해 보인다고 다솜은 생각했다. 늘 웃는 얼굴이라는 인상이긴 했는데 오늘은 유난히 더욱 마음이 따스해지는 것 같았다. 확실히 같은 반의 남자애들과는 달랐다. 덕분에 다솜까지 따라 웃게 되는 힘이 있었다.

우혜의 달리는 발소리가 다솜의 등 뒤에서 요란했다. 미숙의 박수 소리도 뒤따랐다. 아마도 바움은 사정이 있겠지. 바움에 대한 궁금증을 다솜은 슬그머니 옆으로 밀어버렸다.

"나는 어다솜."

다솜이 후드 티셔츠 왼쪽 가슴에 새겨진 명찰을 오른손으로 가리켰다.

"나는… 음… 크리스털."

"응?"

"예전에 영어 학원에서 쓰던 이름이야."

"뭐? 푸하, 여자 이름이잖아."

대답을 하면서도 다솜은 웃음을 참을 수가 없었다. 적당히 짧게 자른 머리카락이 잘 다듬어진 수정처럼 반짝이긴 했다. 다시 생각해도 재미있는 이름에 다솜이 박수를 두 번 크게 쳤다. 그러고 보니 묘하게 잘 어울린다고 생각했다.

"다들 그렇다고 해서 나중에 루크로 바꿨어. 그래도 난 여전히 크리스털이 좋더라고."

"하긴 여자 이름, 남자 이름 그런 게 어디 있겠어. 자기가 좋으면 되지."

다솜이 양손의 엄지에 힘을 주어 들어 보였다.

"좋은 이름이네."

눈이 마주친 두 사람이 같은 박자에 다시 웃음을 터트렸다.

"연습은 잘 돼가고 있어? 요즘엔 누굴 도와줬어?"

가장 좋아하는 질문에 다솜의 눈이 동그래졌다. 사실 요즘은 별일이 없었지만, 그대로 말하고 싶지는 않았다. "얍!" 하고 크게 외치며 다솜이 복싱 기본 자세를 만들었다. 언젠가 스포츠 채널에서 눈여겨 봐둔 모양이었다. 양쪽 팔꿈치를 상체에 붙이고 눈높이까지 주먹을 들어 올렸다. 힘을 주어 뜨니, 다솜의 동그란 눈이 제법 날카롭게 변했다.

"어때? 강해 보여? 캡틴 마블처럼?"

"캡틴… 마블? 마블이면 아이언맨이잖아."

다솜이 고개를 갸웃하며 두 주먹을 내렸다. 아이언맨을 알면서 캡틴 마블을 모른다니.

"아이언맨은 죽었잖아!"

아이언맨의 마지막 순간처럼 다솜이 큰 소리를 내며 손가락을 튕겨 보였다. 어깨를 으쓱하고는 어쩐지 석연치 않게 고개를 끄덕이는 크리스털을 바라보며, 다솜이 이제는 익숙한 창턱의 옆자리로 가 앉았다. 구름판을 구르는 우혜의 다리에 제법 힘이 들어가는 게 눈에 들어왔다.

"근데 오늘은 교감 쌤이 안 계시네."

이제야 생각난 다솜이 목을 빼고 체육관 여기저기를 살폈다. 이선이 늘 자리 잡고 있던 앞문도, 자주 서서 바라보던 창문 뒤도 오늘은 유난히 휑했다.

"여기에도 못 오실 만큼 아주 중요한 일이 있으신가 보네."

이미 알고 있었다는 듯 담담한 목소리였다. 하지만 어딘가 서늘하고 쓸쓸한 것도 같다고 다솜은 생각했다.

**

근방에서 가장 높은 건물이자 동네 병원 대부분이 몰려 있는 건물의 1층 로비는 여느 때처럼 사람들로 붐볐다. 끊임없이 오르락내리락하는 여섯 대의 엘리베이터 소리가 각각의 리듬으로 움직이다 멈추기를 반복했다. 출입문 밖, 양쪽으로 이어지는 약국들로 오가는 사람들의 발걸음도 제각기 바빴다.

양쪽으로 활짝 열린 출입문에서 가장 가까운 엘리베이터의 문이 열리자, 공간을 메우고 있던 한 무리의 사람들이 한꺼번에 쏟아져 나왔다. 더러는 앞뒤의 힘에 밀려 까치발로 이동하는 사람도 있었다. 마지막 사람이 내리기도 전에 밀고 타려는 사람들로 작은 혼잡이 생겼다.

다른 사람들과 어깨가 부딪칠까 이선은 몸을 잔뜩 움츠린 채 사선으로 걸었다. 얼굴만큼이나 창백한 이선의 오른손이 앞서 걷는 일행의 재킷 소매를 붙잡았다. 그제야 뒤를 돌아 이선을 확인한 20대 청년이 옆으로 비켜서며 공간을 확보했다. 억지로 힘주어 웃어 보이는 말간 얼굴에 이선도 최선을 다해 미소를 지었다.

늦은 오후의 햇볕이 출입문을 통과해 길게 늘어졌다. 역시나 기대했던 말을 듣지 못한 터라 이선의 어깨는 축 처져 있었다. 힘이 빠진 걸음에도 속도가 붙지 못했다. 끝이 보이지 않는 것만 같은 기대와 실망의 연속, 여전히 면역이 생기지 않는 상심은 매번 똑같이 견디기가 힘들었다.

아래로 떨어뜨린 이선의 얼굴 앞으로 빙긋 젊음의 미소가 드리왔다. 두 손이 이선의 어깨를 잡고 장난스레 흔들었다. 덕분에 고개를 든 이선이 쓴웃음이나마 다시 미소를 띠었다. 두 사람의 그림자가 출입문 아래 계단을 내려가고 있었다.

5

1층에는 마트, 2층부터 5층까지는 PC방에서 볼링장까지. 원래의 하얀색을 잃은 지 오래인 낡은 건물은 동네에서 가장 큰 사거리에 자리 잡고 있어서 동네 사람이 아니더라도 근처를 오가는 사람이라면 누구나 알고 있는 곳이었다. 하지만 무엇보다 근방의 학생들에게는 추억의 장소 혹은 지금도 여전히 보물섬과 같은 곳이었는데, 지하의 대형 할인 문구점인 '수정문구' 때문이었다.

투박한 회색의 천장 아래 빼곡히 자리한 파란색의 진열대 윗부분에는 커다란 숫자가 적혀 있고, 온갖 문구들이 제자리에 질서정연하게 놓여 있었다. 문구의 위치를 묻는 손님의 질문에도 즉각,

눈길조차 던지지 않은 채 답하는 주인아저씨의 머릿속이 우혜는 가끔 궁금했다.

다른 아이들처럼 우혜도 다솜과 이곳을 수없이 드나들었고, 두 사람의 추억 상당 부분이 여기에 있었다. 작년 여름에도 유행하던 캐릭터 문구를 사서 서로에게 선물했었다. 장마철이 끝난 후라 여전히 남아 있던 높은 습도의 냄새를 우혜는 아직도 생생하게 기억할 수 있었다. 분명 눅눅한 기분이었는데, 다솜이 건네준 캐릭터 샤프를 받아 드니 세상의 온도가 확연히 달라지고 봄날의 햇빛 아래인 듯 마음이 뽀송해졌었다.

그렇게 행복한 기억만 가득한 곳이어서 오랜만에 다솜과 함께 와보고 싶었던 건데. 지하로 내려가는 계단 근처에 선 채 우혜는 사라지지 않는 메시지 앱의 숫자 1을 바라보고 있었다. 집에 들르지 말고 학교에서 바로 같이 오자고 할 걸 그랬나. 집에 들러서 옷을 갈아입고 오자고 한 것도, 요새 자꾸만 어긋나고 있는 서로의 마음도 모두 우혜는 자기의 잘못인 것만 같았다.

[솜아, 어디야?]

[왜 안 와?]

[나 지금 수정문구 앞이란 말야.]

[너 요즘 진짜 왜 그래?]

[나 서운할라 그런다.]

언젠가부터 우혜 혼자만 떠들고 있는 다솜과의 대화창이 마치 지금 혼자 있는 자기 모습인 것 같아 우혜는 눈물이 날 것만 같았다. 무슨 일이든 빠짐없이 이야기하던 두 사람이었는데…. 지금 다솜이 자기를 서운하게 하는 것도 슬펐지만, 무엇보다 이 슬픈 감정을 함께 이야기하고 나눌 대상인 다솜이 없다는 게 우혜는 더 서글펐다.

지하의 유리문이 열리는 소리에 이어, 한 무리 아이들의 소란스러움이 계단을 타고 올라오고 있었다. 내지르며 웃는 소리들이 계단 천장을 둥둥 울렸다. 연이어 계단을 밟는 두꺼운 굽의 운동화들이 회색의 표면에 미세한 먼지를 남기고 있었다.

휴대전화에 시선을 고정한 채 무리를 피해 우혜가 한 발짝 뒤로 물러섰다. 얼마나 더 기다려야 할까. 그냥 이대로 집에 가버릴까. 그러다 다솜이 늦게라도 온다면 어쩌지. 그런 생각을 하며 우혜는 이미 제 옆을 지나 건물 1층의 출입구를 빠져나가는 또래의 아이들을 바라봤다. 옆 학교의 교복 후드 티셔츠였다. 하나 같이 밝게 웃는 얼굴들이 묘하게 닮아 있었다.

우혜도 다솜과 쌍둥이 같다는 말을 문구점 주인아저씨한테 늘 들었다. 이제는 그렇게 보이지 않을 거라는 생각에 우혜는 더욱 울적해졌다. 더 이상 다솜에게는 이곳이 둘만의 행복한 순간을 간직한 곳도, 떠올리는 것만으로 즐거워지는 탐험을 떠나고픈 보물

섬도 아닐 게 확실했다.

**

 항상 가던 길이 아닌 사거리의 횡단보도를 건너온 건 여러 종류의 운동 학원들이 이 근방에 있다는 걸 발견했기 때문이다. 학교에서 나올 때 우혜가 뭐라고 했던 것 같은데. 이곳에 들를 생각에 다솜은 우혜가 하는 말들을 제대로 들을 수 없었다. 중요한 일이라면 메시지로 이야기하겠지. 그렇게 생각하면서도 정작 다솜은 휴대전화가 가방 속 어디에 있는지도 떠오르지 않았다.

 아파트 단지 입구의 왼편으로 오래된 낮은 건물들이 여러 개 이어져 있었다. 세로로 기다란 간판이 걸려 있는 건물로 다가가자 우렁찬 기합 소리가 들렸다. 일제히 움직이는 발소리에 다솜의 발도 절로 바삐 움직이기 시작했다.

 유리로 된 통문을 모두 활짝 열어둔 1층은 검도장이었다. 완연한 봄의 기운에 기분 좋은 바람이 하얀색과 감청색 검도복들 사이로 유려히 흐르고 있었다. 긴 죽도를 들었다 내리는 절도 있는 동작들을 살피며 다솜의 심장이 세차게 뛰었다.

 어렸을 때는 다솜 역시 운동에 딱히 관심이 없었지만, 엄마는 안 다니는 애들이 거의 없었던 태권도장조차 권하지 않았다. 대신 피아노에, 바이올린에 근처에 있는 모든 악기 학원과 발레부터 한국무용까지 엄마가 원하는 모든 걸 시도해 봤지만, 어느 것도 두 달을 넘기지 못했다.

그러다 처음으로 하고 싶은 걸 찾았고, 그래서 자랑스레 이야기했던 건데. "여자는 운동하는 거 아니야." 운동 학원에 다니고 싶다는 말에 엄마는 얼굴부터 찌푸렸다. 엄마의 말이 모두 맞는 줄 알았었다. 엄마는 아는 것도 아는 사람도 많고, 언제나 바른말만 하니까. 그리고 아빠가 늘 엄마한테 하는 말 그대로, 예쁘고 똑똑한 사람이니까.

하지만 영화 〈겨울왕국 2〉를 보고 나오며 엄마가 하는 말을 들었을 때, 다솜은 처음으로 엄마의 말이 이해되지 않았었다. 치마를 벗어 던지고 바지를 입고 파도 위를 뛰어다니는 엘사처럼, 여자는 다리를 넓게 벌리면 안 된다고. 그러니까 안나가 언니를 따라서 똑같이 나쁜 행동을 하는 거라고. 여자는 언제나 다소곳하고 얌전하게 다리를 붙이고 앉아야 한다고.

함께 영화를 보고 나온 우혜와 우혜의 엄마는 극장 기념품 가게에서 머리띠를 고르고 있었다. 조금 전 엄마의 말이 이해가 안 된다고 우혜에게 말했지만, 우혜는 오히려 그런 다솜의 말이 이해되지 않는다는 표정이었다.

검도장 옆 건물 1층의 편의점에서 아이스크림을 사서 나온 다솜이 2층의 열린 창문을 올려다봤다. 창문 한 면에 하나씩 파란색으로 커다란 글자가 쓰여 있었다. 닫힌 창문까지 다솜이 세세하게 눈으로 읽어갔다. '스트롱 복싱클럽'. 사실 검도장보다는 이곳이 오늘의 목적지였다.

명절마다 친척들에게 받는 용돈은 거의 쓰지 않아 통장에 제법 쌓여 있었다. 엄마가 끝까지 허락하지 않더라도 돈은 문제가 안 됐다. 이제 중학생이니까, 어쩌면 엄마도 허락해 주지 않을까. 2층으로 올라가는 계단 입구에 서자 빠른 비트의 노랫소리가 들렸다. 아마도 줄넘기를 하고 있는지 바닥을 치는 일정한 소리도 섞여 있었다. 희미하게 땀 냄새가 느껴지는 것도 같았다.

여자건 남자건 원하는 옷을 입을 수 있다고, 그래도 된다고 말해준 건 그때 다니던 영어 학원의 담임선생님이었다. 다솜에게 원하는 옷을 직접 선택해 입으라고. 그리고 다른 사람에게 피해를 주지 않는 상황에서는 편하게 다리를 벌리고 앉아도 된다고도.

자기의 생각에 동의해 준 선생님이 좋았고, 자기가 틀리지 않았다는 것이 다솜은 자랑스러웠다. 하지만 내용을 전해 들은 엄마는 곧바로 학원에 항의 전화를 했고, 다솜은 다음 날 그 학원을 그만둬야 했다.

마지막으로 진짜 한 번만 더 전화를 해보고 집에 돌아가기로 우혜는 결심했다. 혼자라도 들러볼까 했지만, 다솜 없이는 재미없을 게 뻔했다. 일정한 속도의 신호음마저 슬프게만 들렸다. 그래도 울고 싶지는 않았다. 다솜이 알면 속상해할 테니까. 우혜는 몸을 돌려 벽 쪽을 향해 섰다.

"야! 변우혜!"

그래서였다. 다가오는 무리를, 그 안의 예전 친구가 자기를 부르고 있다는 것을 한 번에 알아차리지 못했다. 등을 건드는 손길이 제법 다정했지만, 우혜는 화들짝 놀라 몸을 떨었다. 얼른 전화를 끊고 몸을 돌려 무리를 향해 돌아섰다.

"아, 현예진. 오랜만이다."

오며 가며 어색한 인사만 하게 된 지 오래된 사이였다. 그렇다고 모른 척까지는 할 수 없었다. 우혜는 작게나마 미소를 띠며 예진을 바라봤다.

"다른 중학교 갔단 건 들었어."

예진이 우혜 앞으로 서자, 옆으로 세 명이 우혜를 빙 둘러섰다. 조금 전까지 마주 보고 섰던 벽으로 우혜의 등이 가 닿았다.

"아~ 얘가 니가 말했던 걔구나? 초등학교 때 친했다고 했던."

처음 보는 게 분명한데도, 예진만큼이나 우혜를 반기는 말투였다. 높은 톤의 목소리들에 우혜는 조금이나마 마음이 편해지는 것 같았다. 다솜에게 마지막으로 전화할 때만 해도 하마터면 터질 뻔했던 눈물이 쏙 들어갔다.

"내 친구들이야. 너도 수정문구 가려고 했던 거야? 같이 가자."

예진이 우혜의 팔짱을 끼자, 다른 한 명이 반대쪽 팔을 잡았다. 우혜는 얼결에 그들의 속도에 휩쓸려 버렸다. 30분이 넘도록 내려가지 못했던 계단을 우혜는 순식간에 밟고 있었다.

키가 많이 자라긴 했지만, 예진의 얼굴은 초등학교 3학년 때 그대로였다. 동그란 이마는 먹음직스러운 사과를 닮았고, 아직도 양쪽 볼은 발그레했다. 스스럼없이 다정하게 등을 건들고, 팔짱을 끼는 것도 여전했다. 우혜에게 한없이 살갑고 따뜻했던 예진의 모습 그대로였다.

**

상담실 문을 여는 복순의 거친 손등에 굵은 핏줄이 두드러졌다. 문이 열리는 소리와 함께 박원이 의자에서 일어나 재빨리 문 쪽으로 다가갔다. 복순이 굽은 어깨를 낮게 숙이며 박원에게 인사했다. 박원도 비슷할 정도로 깊게 허리를 숙였다.

"오래 걸리는 건 아니죠? 제가 출근을 해야 해서요."

박원이 권한 의자에 복순은 앞의 반만 걸터앉았다. 언제든 바로 일어설 준비를 하는 것만 같았다. 수수하다기보다는 허름해 보이는 옷에서, 유난히 정수리 왼쪽이 더 많이 하얀 머리카락에서, 도드라지게 굵은 손마디에서 삶의 고됨이 고스란히 느껴졌다. 언뜻 보기에는 미숙과 닮은 점을 반만큼도 찾기 힘들었다.

"아니에요, 어머님."

박원이 인스턴트커피가 담긴 종이컵을 복순의 앞에 놓고는 건너편의 의자에 앉았다.

"우리 미숙이가 학교에서 무슨 일이 있는 건가요? 전화 받고 놀라서…."

조금은 불안해 보이는 눈빛이 그래서였나. 박원이 얼른 손사래를 쳤다.

"이번 주가 학부모 상담 주간이에요. 그동안 몇 번 메시지 드렸었는데, 답장이 없으셔서 전화 드린 거고요."

그제야 복순의 눈에서 긴장과 경계심이 사라졌다. 단단히 맞물려 잡았던 두 손도 슬그머니 풀어졌다. 복순이 한 손으로 가슴을 두어 번 쓸어내렸다.

"미숙이가 엄청 착해요. 다른 친구들도 잘 도와주고요."

종이컵을 입에 가져갔다 얼마 마시지도 않고 복순이 다시 테이블 위에 올려놓았다.

"어렸을 때… 아무래도 외모가 튀니까, 놀림도 많이 받고 왕따도 많이 당했어요. 잡종이니, 튀기니… 듣고 와서 무슨 뜻이냐고 물었을 땐, 가슴이 그냥 쩍 갈라지는 것 같더라고요."

너무나 노골적인 단어들에 할 말을 찾지 못하는 박원에게 복순은 오히려 괜찮다는 듯 고개를 끄덕여 보였다.

"그 이후로는 친구 얘기도 별로 없고 그래서 걱정 많이 했거든요"

이 나라에서 자신과 다른 피부색을 가진 아이를 낳아 혼자 키우다는 것이 어떤 의미일지, 박원은 잠시 생각했다. 그저 존재 자체만으로 놀림을 받고 왕따를 당하는 아이를 지켜보는 심정은 또 어땠을까. 감히 상상조차 되지 않았다.

"그런데 미숙이가 오디션을 보러 다니던데, 모델이 꿈인가요?"

"그런 얘기를 하긴 했는데, 제가 워낙 늦게까지 일하고 알바도 하고 있어서요. 얼굴 보면서 제대로 얘기해 본 적은 없어요. 애가 워낙 어렸을 때부터 철이 들어서요. 혼자 잘 알아서 하니까, 뭐…."

혼자서 일찍 철이 든 아이. 뜀틀 연습을 하며 다른 아이들을 잘 돕는다는 미숙이 그래서 박원은 안쓰럽게 느껴졌다.

"혹시 궁금하셨던 건 없으세요? 아니면 미숙이에 대해 제가 알아야 할 거라도 있을까요?"

자꾸만 벽시계를 흘금거리는 복순을 위해 박원은 상담을 마무리해야겠다고 생각했다. 어렵사리 낸 시간을 빼앗은 것이 내심 미안하기까지 했다. 번거롭더라도 몇 번 더 메시지를 보내야 했는데, 하는 생각이 꼬리를 이었다.

"안 그래도 한 번 찾아뵈려고는 했어요. 실은…."

말끝을 흐리며 다음을 이어가지 못하던 복순이 가방 대신 가져온 장바구니를 뒤져 하얀 봉투를 꺼냈다. 얼마나 오랫동안 사용한 걸까. 복순이 일하는 마트의 다회용 장바구니는 온통 헤지고 빛이 바래 있었다.

"어머님, 촌지는 법적으로 금지되어 있어요."

박원은 다정하지만, 가능한 단호한 목소리로 또박또박 말했다.

"아니, 그런 게 아니라…."

내민 하얀 봉투의 가장자리도 장바구니처럼 너덜너덜했다. 손으로 쓴 글씨는 모두 영어였고, 왼쪽 아래에는 항공우편 도장이 찍혀 있었다.

옷장의 문을 여는 미숙의 손등 아래로 같은 색의 그림자가 굴절된 선을 이었다. 단지에서 가장 작은 평수의 임대 아파트, 집 안의 유일한 방이지만 역시나 작은 공간이라 낡은 책상과 좁은 옷장이 가구의 전부였다. 엄마가 방으로 사용하는 주방과 연결된 곳은 엄밀히 말하자면 거실이었고, 그나마 그곳에는 옷장 같은 가구를 놓을 만한 여유가 없었다.

1미터 너비의 옷장 윗부분은 양쪽으로 문이 열렸고, 아랫부분은 세 칸의 서랍으로 나뉘었다. 유일한 옷장이므로 미숙과 복순의 모든 옷이 함께 들어 있었다. 그런데도 딱히 불편하지 않은 건 당연하게도 두 사람의 간소한 옷가지들 덕분이었다.

딱히 옷에 관심이 있는 것도 아니고, 그럴 형편도 아니라는 걸 미숙은 어려서부터 잘 알고 있었다. 그래서 다행이라고 생각했다. 갖고 싶은 걸 갖지 못하는 게 아니니까. 처음부터 관심이나 욕심이 없다면, 갖지 못한 것에 대한 간절함이나 비참함도 없으니까.

하지만 이건 옷에 관한 관심이나 욕심과는 다른 이야기였다. 마지막으로 옷을 산 게 언제였을까. 입어보는 족족 모든 옷의 팔과 다리가 우스꽝스러울 정도로 짧아져 있었다. 정확하게 말하자면 옷들이 짧아진 게 아니라, 미숙의 몸이 길어진 거였지만. 부피는 자라지 않아 말 그대로 몸에 걸칠 수야 있겠지만, 그대로 밖에 나갔다가는 안 그래도 눈에 띄는 외모에 스스로 비웃음을 구걸하는 꼴이 될 게 뻔했다.

지난 오디션에서 떨어진 것도 어쩌면 옷 때문일지 모르겠다는 생각이 들었다. 어쩔 수 없이 비교되던 오디션장의 다른 아이들이 떠올랐다. 잘은 모르지만, 맞춘 듯 몸에 잘 맞던 그 옷들은 미숙이 상상할 수 없는 범위의 가격일 것이다. 딱히 살 수 있을 것 같지는 않았지만, 괜스레 중고 거래 앱을 열어 미숙은 주변을 검색하기 시작했다. 엄마에게 말하면 또 일하는 마트에서 할인하는 옷들을 가져오겠지.

중고 거래 앱을 닫았을 때, SNS의 메시지 알림이 떴다. 요 며칠 끊임없이 오는 메시지를 읽지는 않았지만, 눈에 띄는 대화 명은 기억하고 있었다. 보낸 사람, Mino. 미리 보기로 보이는 글자는 오디션 제의가 아니라 확실히 모델 제의였다. 그렇다면 오디션 없이 돈을 벌 수 있다는 뜻인 건가. 미숙은 잔뜩 쌓여 있는 메시지를 터치했다.

[가게 홍보에 사용할 사진 모델 제의합니다.]

[학생이죠?]

[이름이 예뻐요, 지영 씨.]

[몇 시간이면 돼요.]

[한번 만나서 자세히 이야기할까요?]

[페이도 그때 협의해요!]

보낸 사람의 이름 옆에 작은 동그라미 사진을 눌러 새 페이지를 열었다. 한눈에도 화려한 그림이 여러 장 게시되어 있었다. 용도를 정확히는 알 수 없지만, 아마도 다른 그림을 위한 도안인 것 같았다. 이것만으로는 무슨 가게인지 파악하는 게 불가능해 보였다. 프로필에도 'artist' 한 단어만 적혀 있었다.

꽤나 적극적인 사람인 것 같았다. 아니면 모델을 구하는 게 급한 건지도 몰랐다. 일단 페이만 먼저 물어볼까. 작아진 옷들을 버려야 했다. 새 옷들이 정말 필요하긴 했으니까.

6

전날의 비 예보가 무색하게 4월 말, 봄의 하늘은 온전한 본연의 하늘 색 그 자체였다. 구름이라고는 단 한 점도 감히 끼어들 수 없을 것 같은 청량함이었다. 이런 날씨에 중간고사를 보고 있는 2, 3학년 선배들이 조금은 불쌍하다고 우혜는 생각했다. 덕분에 1학년인 올해는 체험학습을 나왔다는 감사함과 함께, 벌써부터 내년 이맘때가 걱정되기도 했다.

광화문의 세 개의 아치 중 가운데 문을 통과해 경복과 박원이 안으로 들어서고 있었다. 따라 들어가는 아이들의 무리가 한산해질 때까지 기다리는 동안 미숙의 옆으로 우혜가 와서 섰다. 광화문의 양쪽 끝 하늘을 향해 올라간 처마를 미숙이 올려다보고 있었다. 미숙의 시선을 따라가 보며 우혜는 왠지 힘차게 날아오르려는 나비의 날개와 닮았다고 생각했다.

아직 문밖에 있는 두 사람에게 박원이 들어오라고 손짓했다. 겨우 한 발짝, 문을 하나 통과해 들어섰을 뿐인데 붐비는 현대의 도시에서 몇백 년의 시간을 거슬러 온 것 같은 기분이 미숙은 꽤나 신기했다.

"바움이도 4반 A조랑 창경궁으로 간 건가?"

미숙의 큰 보폭을 따라가느라 우혜가 몇 번 앞서가는 발을 바꿔가며 잰걸음으로 걸었다.

"그런데 왜 같은 반도 반씩 나눠서 가는 거지? 반끼리 가면 될 텐데."

"예전에 무슨 일이 있었다던데…. 나도 잘은 몰라. 다솜이도 같이 간 거지?"

우혜는 고개를 살짝 끄덕이는 것으로 말을 아꼈다. 두 개의 큰 문을 더 통과해 들어서자 거대한 건물이 모습을 드러냈다. 초등학교 때도 몇 번이나 와봤던 곳인데, 우혜는 새삼스럽게도 순식간에 압도당하는 느낌이었다. 걸음을 멈추고, 하늘과 맞닿은 근정전의 웅장함을 한눈에 담았다.

"여기부터는 자유롭게 관람하는 걸로 하자. 모이는 시간이랑 장소 다시 확인하고, 무슨 일 있으면 바로 연락해야 한다!"

경복이 양손을 모아 입에 대고 무리를 향해 소리쳤다. 박원은 손가락으로 하나하나 짚으며 마지막으로 아이들의 수를 확인했다. 저마다의 무리를 만들어 아이들이 흩어지자, 우혜와 미숙도 천천히 걸음을 옮겼다.

"바움이는… 뜀틀 연습 계속 안 나온대?"

"나도 잘 몰라."

교실에서도 자리가 멀어 딱히 노력하지 않으면 미숙은 바움과 마주칠 일도 별로 없었다. 바움이 연습에 빠지기 시작한 날 이후로 연락도 하지 않았으니 모른다는 대답이 그야말로 정확한 것이었다.

"너랑 다솜이는 원래 친구였지만, 나랑 바움이는… 뭐…."

사실을 사실대로 말하고 있을 뿐인데, 이제 두 달 같은 반이었을 뿐인데도 쓸쓸한 기분이 드는 이유를 미숙은 알 수 없었다.

"나도 요즘… 다솜이랑 연락 잘 안 해."

왼손에 낀 반지를 우혜가 다른 손으로 만지작거렸다. 무슨 말이라도 하고 싶은 것 같아 궁금하긴 했지만, 미숙은 굳이 묻지 않았다.

두 사람의 사이가 처음 같지 않다는 건 미숙도 희미하게 느끼고 있었다. 그렇다고 미숙이 두 사람을 위해 무언가를 도와줄 수 있을 것 같지는 않았다. 친구 관계는 뜀틀 연습이 아니니까. 두 사람처럼 단짝 친구를 가져본 적 없는 미숙이 알지 못하는 세계였다.

"진짜 우혜야?"

비슷한 톤의 웃음소리들이 한꺼번에 우혜의 앞으로 다가왔다. 미숙이 절로 한 걸음 뒤로 물러났다. 교복으로 입는 후드 티셔츠를 보니 옆 학교라는 걸 알 수 있었다. 근방 학교들의 중간고사 일정도 비슷하니 마주치는 것도 이상한 일이 아니었다.

"초등학교 때 친구야."

미숙을 향해 말하는 우혜를 예진이 자연스레 무리로 이끌었다. 다른 하나가 우혜의 손을 엮어 잡았다. 우혜가 고개를 돌려 미숙을 바라봤다. 그들이 반가워하는 것만큼, 우혜가 반가워하지는 않는 것 같다고 미숙은 생각했다. 우혜를 잡아끄는 손길도 다정하지만은 않은 것 같았다.

"잘됐다, 우혜야. 우리랑 같이 다니자."

짧은 인사조차 나눌 새도 없이 우혜는 그들 속에 섞여 사라져 버렸다. 너무 순식간이라 바람에 이는 먼지의 흔적이 없었더라면, 처음부터 미숙 곁에 아무도 없었다고 해도 믿을 것 같았다.

다른 교사들의 인솔에도 이선은 아이들 무리 뒤편, 바움의 곁에서 적당한 거리를 두고 따라오고 있었다. 창경궁 대온실의 하얀색 철문이 열리자, 먼저 들어선 아이들의 감탄이 터져 나왔다. 원래부터 제자리였던 것처럼 온실 밖의 큰 창 앞에 딱 붙어 선 이선을 다솜이 재미있다는 표정으로 바라봤다.

"교감 쌤 귀여우셔."

뜀틀을 넘고 착지할 때처럼, 대온실의 출입문 문지방을 폴짝 뛰어넘은 다솜이 두 다리를 붙이고 팔을 벌리고 섰다. 손끝까지, 그리고 두 눈에도 힘을 주고는 몇 초간 정지해 있는 다솜을 물끄러미 바움이 바라봤다.

유리 지붕을 통과한 봄의 햇빛이 실내 가득 들어와 앉았다. 4월이 맞나 싶을 만큼 실내의 공기는 바깥보다 훨씬 더 따뜻했다. 독특한 모양의 타일이 깔린 길을 따라 바움이 천천히 걸음을 내디뎠다.

"그런데 너, 뜀틀 연습 계속 안 올 거야?"

요란하게 팔을 휘젓느라 그 반동에 고개까지 끄덕이며 다솜이 바움의 옆으로 와 속도를 맞췄다.

"너네한테 피해 안 가게 쌤한테 다시 말씀드릴게."

특이한 모양의 식물 앞에는 아이들 여럿이 모여 사진을 찍고 있었다. 다솜이 힐긋 그들을 바라봤다.

"그냥 와서 같이 있으면 되잖아. 시간을 같이 채우는 게 더 중요하다고 쌤이 그러셨잖아."

정말이지 아무렇지도 않다는 말투였다. 다솜에게는 세상의 모든 일들이 쉽기만 할 것 같았다. 그리고 그건 아마도 사실이겠지.

뜀틀 연습을 하는 너희들을 지켜보는 것만으로도 괴롭다고, 영원히 말할 수 없을 거라고 바움은 생각했다.

"교감 쌤은 나를 좋아하시는 건가? 계속 따라오시네."

히히, 애니메이션의 성우 같은 과장된 웃음소리를 내며 다솜이 창밖의 이선을 향해 양팔을 크게 흔들었다. 이번에도 이선에게서 어떤 반응도 얻어내지는 못했지만, 다솜은 그다지 신경 쓰지 않는 것 같았다.

"그런데 너, SNS에 이름 왜 이서연이야? 너 아닌 줄 알았어."

바움을 앞지른 다솜이 몸을 돌려 뒤로 걷기 시작했다. 반대 방향으로 걷는데도 전혀 어려워 보이지 않았다. 시선을 내린 다솜이 바움의 눈을 바라보았다. 이마를 덮은 앞머리가 땀에 젖어 달라붙자, 다솜이 한 손으로 쓱 문질렀다.

"뭐, 미숙이처럼 공지영, 그런 건가? 하긴 애들 가명 완전 많이 쓰더라. 친추 와도 누군지 모를 때가 더 많아."

머릿속에, 가슴속에만 담아둔 긴 이야기를 굳이 다솜에게 할 필요는 없을 것 같았다. 진심으로 궁금해서 묻는 질문도 아닌 것 같았다.

"그냥…."

그러고 보니 다솜과 단둘이 이렇게나 길게 대화를 하는 것도 처음이었다. 조금은 귀찮다는 생각도 들었지만, 혼자 걷는 것과

별반 다를 바 없이 자기 혼자 묻고 답하는 게 그렇게까지 거슬리지도 않았다.

다시 몸을 돌려 정방향으로 속도를 내며 걷던 다솜이 별안간 바움을 향해 되돌아와 섰다. 발끝이 맞닿은 바움도 제자리에 멈춰야만 했다. 두 배쯤 커진 눈에 벌린 입까지 동그라미로만 이루어진 얼굴로 다솜이 박수를 크게 쳤다.

"아, 맞다. 너 크리스털이라는 애 알아?"

유리 천장에서 굴절된 빛이 다솜의 정수리 위로 곧게 쏟아져 내리고 있었다. 기다란 속눈썹의 그림자가 볼 위로 내려앉았다. 눈을 떴다 감을 때마다 그림자도 함께 만났다 떨어지기를 반복했다.

"지금은 루크로 바꿨대. 너네 학원 다니는 애 아니야? 너네 엄마 영어 학원이 우리 동네에서 제일 크잖아. 그러니까 확률상 거기 다닐 거 같은데."

틀린 말은 아니었다. 동네에서 가장 크고 오래된 영어 학원. 엄마는 결혼하면서 다니던 회사를 그만두고 학원 사업을 시작했다. 오래 다니진 않더라도, 동네의 대부분 아이들이 한두 번쯤은 거쳐가는 곳이었다.

기대에 가득 찬 눈으로 다솜이 바움을 바라봤다. 초등학교 2학년 때부터 엄마의 학원에서 공부하고 있지만, 크리스털도 루크도 바움은 딱히 떠오르지 않았다. 더군다나 크리스털에서 루크로 이름을 바꾸는 경우는 더욱 흔치 않을 것 같았다. 곰곰 고민하던 바움이 고개를 내저었다.

발이 가는 대로 걷다 보니 어느새 또래들의 소음에서 벗어난 느낌이었다. 탁 트인 시야에 넓은 연못이 눈에 들어왔다. 경회루, 돌 위에 쓰인 이름을 미숙은 가만 소리 내어 읽어보았다. 연못 중앙의 커다란 누각이 연못의 물에 반대로 비춘 모습이 신기했다. 그리고 아름다웠다.

몇 걸음을 옮기자 언젠가 인터넷에서 봤던 풍경이 눈에 들어왔다. 그 사진에서는 뒤편에 개나리, 앞으로는 벚꽃이 있었던 것 같은데. 내년에는 봄꽃이 필 때 한 번 더 와보고 싶다고 미숙은 생각했다.

몇백 년 전 왕과 신하들의 모습이 누각 여기저기에서 보이는 듯했다. 드라마에서 봤던 것처럼 화려한 색의 한복을 입었겠지. 한 올도 남김없이 깔끔하게 빗어 넘긴 여자들의 쪽 찐 머리가 참 예뻤는데. 다름을 제대로 알지 못했던 어린 시절, 따라 해보겠다고 구불거리는 머리를 빗고 또 빗던 때가 미숙은 떠올랐다.

완전히 다른 미숙의 머릿결을 어떻게 다뤄야 하는지 몰라 엄마는 늘 허둥댔다. 그래서 유치원에 들어가기 전까지 미숙은 늘 짧은 머리였다. 사용하는 빗도, 헤어 제품도 인터넷을 통해 스스로 배워야 했다. 그렇다고 엄마를 원망해 본 적은 없었다. 엄마는 엄마 나름의 최선을 다했을 것이다.

위대했던 오랜 왕조, 그 시절. 아름다운 한복을 입고 경회루에 올랐던 사람 중에 '나' 같은 사람은 아마 없었겠지. 저 고즈넉한 풍경에 '나'의 피부색과 머리카락은 어울리지 않겠지. 몇백 년이 지난 지금, 여기에 서 있는 '나'를 그들이 본다면 어떤 생각을 했을까. 미숙이 손을 들어 자기 뺨을 슬며시 어루만졌다.

"혹시… 지영 씨?"

여러 번 불리고 나서야 미숙이 고개를 돌렸다. 자신도 익숙하지 않은 그 이름을 부를 사람은 여기 없을 테니까.

"나예요, 미노."

분명 처음 보는 얼굴이었지만 누구인지는 금방 알 수 있었다. 갑자기 차원의 문을 열고 튀어나온 것처럼 미숙과는 완전히 다른 차원의 사람이 뚝 떨어진 것 같았다. 다른 나이대에 다른 차림새, 무엇보다 반소매 티셔츠 밖으로 드러난 목과 팔뚝에 문신이 빼곡했다. 가만 보니 눌러쓴 스냅백 아래 얼굴과 귀에는 한눈에 셀 수 없을 만큼 피어싱도 많았다.

"SNS 보니까 오늘 여기 온다길래, 꼭 만나보고 싶어서요."

외모에서 풍기는 강렬한 인상과는 달리 다정하고 부드러운 목소리였다. 입을 크게 벌려 웃는 인상도 나쁘지 않았다. 악수를 청

하며 내미는 오른 손등에는 귀여운 고양이가 웃고 있었다. 사람들도 많고 탁 트인 공간이라 잠깐 이야기는 괜찮을 것 같았다. 미숙도 손을 내밀어 악수했다. 위로 올라간 고양이 꼬리가 귀여워, 미숙이 짧게 미소를 지었다.

"무슨 모델을 구하시는 건데요? 옷?"

경계가 풀린 미숙을 알아차린 미노가 얼른 휴대전화를 들어 사진을 보여줬다. 미숙이 이미 본 적이 있는 도안 사진들도 섞여 있었다.

"타투 숍이에요. 타투 시술한 모델 사진이 필요해서."

"네?"

놀란 미숙의 뒷걸음질을 알아차린 미노가 손사래를 치며, 미숙이 멀어진 만큼 한 걸음 앞으로 다가왔다.

"아니, 진짜로 하는 건 아니고 헤나로 할 거예요. 금방 지워지는 거."

"아…."

그런 게 있다는 건 미숙도 들어본 적이 있었다. 당연히 의류 모델일 거라 생각해서 조금은 관심이 있었는데, 타투라니. 미숙은 전혀 상상조차 해본 적이 없는 분야였다.

"지영 씨가 우리가 딱 원하는 모델이더라고요. 아직 외국인한테 시술을 안 해봤거든."

외국인. 한국에서 태어나 외국에는 한 번도 가본 적 없는, 한국어가 모국어인, 외국어라고는 할 줄도 모르는, 그러나 다른 사람들의 눈에는 결국 외국인.

"저 한국인인데요?"

"아, 한국 국적이야? 그래도 부모님 중에 한 명은 외국인일 거 아니에요."

"그렇…죠."

미노는 정말이지 쓸데없는 말을 들었다는 표정이었다. 재빠르게 굳어버린 미숙의 표정에는 관심조차 없는 것 같았다.

"그럼 외국인이지, 뭐. 여튼 그게 중요한 게 아니고, 혹시 페이는 얼마나 생각하고 있어요?"

새 옷이 필요하긴 했지만 내키지가 않았다. 그보다 왠지 해서는 안 될 것 같았다. 정말 모델이 된다면 여러 가지 분야에서 일을 할 수도 있겠지만, 그 시작이 되어서는 안 되는 일 같았다.

"안 할래요."

미숙은 빨리 그에게서 벗어나야겠다고 생각했다. 고개를 꾸벅, 필요 이상으로 깊이 숙여 인사했다. 더 이상은 말을 섞고 싶지 않았다.

미숙이 몸을 돌려 걷기 시작하자 재빨리 미노가 따라붙었다.

"왜? 페이 많이 줄게요."

슬쩍 미노가 미숙의 오른팔을 잡았다. 얼른 잡혔던 팔을 빼고는 성큼성큼 미노에게서 멀어졌다. 미노는 계속 미숙의 이름을 불렀다. 계속 따라올까 미숙은 조금 겁이 났지만, 이 공간 어딘가에 선생님들이 있고 같은 반 아이들이 있고, 그리고 우혜가 있었다. 미숙은 빨리 그들을 찾고 싶었다.

**

"김경복 선생님과 경복궁에 오니, 이런 행운이 있네요."

청자색의 찻잔을 입에 대던 경복이 간신히 찻잔을 내려놓으며 웃음을 터트렸다. 평소와 다름없는 생활한복 차림이지만, 그래서 오랜 시간의 켜가 내려앉은 배경과 어울리는 모습이었다.

"박 선생님, 그런 농담도 할 줄 아세요?"

밭은기침까지 몇 번 하고 나서야 경복은 다시 찻잔을 들었다. 박원도 작은 나무 소반 위의 찻잔을 들어 한 모금 마셨다.

"생과방 예약해야 되잖아요. 경쟁률도 되게 세다고 알고 있는데요. 이런 이벤트가 있는 줄은 몰랐어요. 살면서 당첨 운, 이런 거한 번도 없었거든요."

"그런 날도 있는 거죠, 뭐."

삶에서 재미라곤 운동밖에 없는 박원에게는 소질 없는 농담이 나올 만한 하루였다. 미술 자재를 운반하려면 필수라는 경복의

1톤 트럭도 경복궁에 오는 길에 처음으로 타보았다. 낡은 트럭의 덜컹거림이 왠지 기분을 들뜨게 했다. 아직도 그 여운이 몸에 남아 있는 것 같았다. 게다가 우연히 지나던 길에 이벤트에 당첨되자 조금은 피곤할 거라 걱정되던 야외 활동이 의외로 즐거움이 되어주고 있었다.

열린 뒤창을 통해 들어온 바람이 기분 좋게 박원의 머리카락을 간질였다. 평소처럼 트레이닝복 차림인 게 조금은 민망했다. 뒤뜰의 큰 항아리 화병에 꽂혀 있던 봄꽃의 냄새도 바람에 실려 날아왔다. 깔고 앉은 벽돌색의 방석도 꽤나 포근했다.

경복이 하얀색 주전자를 들어 박원의 빈 찻잔을 채울 때, 경복의 휴대전화가 진동했다. 메시지를 확인하는 얼굴에 순식간에 세상에서 가장 행복할 것 같은 미소가 번졌다. 두 손가락으로 확대하는 걸 보니 사진을 보는 듯했다.

"애기 사진이에요?"

평소에는 본 적 없이 두 볼을 붉힌 경복이 얼른 휴대전화를 내려놓았다.

"편하게 보세요."

쑥스러운 듯 경복이 고개를 저었다.

"아내는 원했는데, 저는 아이 생각이 없었거든요. 그런데 안 낳았으면… 어휴, 이제는 상상도 하기 싫으네요."

그럼에도 멈출 수 없다는 듯 경복이 말을 이었다. '행복'이라는 단어가 목소리를 타고 흘러넘치는 것 같다고 박원은 생각했다.

"애 이름이 지훈이에요, 김지훈. 처음에는 너무 흔한 거 아닌가 했는데, 애한테 '지훈아.' 하고 처음 불렀던 날, 글쎄 뭐랄까…. 완전히 새로운 세상이 열리는 것 같은 기분이더라고요. 지훈이라는 이름의 세상이라고 할까요."

경복이 꺼진 휴대전화 화면을 손으로 몇 번이나 다정하게 쓸었다.

"박 선생님은 결혼 생각 없죠? 그래 보여요."

다른 사람들의 삶이, 그들의 사랑이, 행복이 보기 싫은 게 아니었다. 오히려 행복한 사람들을 보면 박원 역시 누구나처럼 덩달아 평범하게 행복해졌다. '나'는 사랑을 할 수 없는 사람이지만 잘 숨기며 살고 있다고 생각했는데, 경복은 박원에게 태어날 때부터 주어진 운명 같은 외로움을 어디에서 본 걸까.

"뭐, 네…."

박원은 괜히 빈 찻잔을 만지작거렸다.

"독신주의? 아니다, 요즘엔 비혼…이라고 하던가요?"

사람마다 적당한 거리가 있다고 박원은 늘 생각해 왔다. 그리고 스스로는 다른 사람들보다 그 거리를 더욱 멀게 유지해야만 한다고 다짐했었다. 어쩌면 어디에도 닿을 수 없는 무인도가 되어도 좋을 것 같았다.

　시계를 확인한 경복이 툇마루로 나와 섬돌 위의 하얀 고무신을
꿰신었다. 박원도 얼른 따라 나섰다. 일어서려던 경복이 다시 자
리에 앉아 고개를 들어 하늘을 올려다봤다. 따스한 햇살이 경복의
반백 머리 위에 내려앉았다. 박원도 운동화를 다 신고는 경복 옆
에 자리하고 앉았다.

　"사실 저는 미술 말고는 관심이 없는 사람이었어요. 대학 다닐
때도 다른 친구들은 연애도 많이 하고, 그래야 그림에 대한 영감
도 얻는다고들 했는데 저는 이해할 수가 없었거든요."

　나란히 앉은 두 사람의 등 뒤로 크기가 비슷한 같은 색의 그림
자가 누워 있었다. 툇마루의 거친 나무 질감에도 검은색 그림자는
따스한 풍경을 만들어냈다. 그림자도 다정히 대화를 나누는 것 같
았다. 서로를 향한 눈빛이 따스했다.

　"미술은 미술이고, 나라는 사람이 투영되는 대상이 아니라고
생각했거든요. 그냥 저는 그대로 행복했어요. 친구들이 이상하다
고 하는데도, 저는 그런 말을 하는 친구들이 이상했거든요. 누군
가를 좋아하는 사람이 있으면, 아닌 사람도 있는 거잖아요. 그렇
게 태어난 거니까. 아내를 만나고 알았어요. 나도 이런 감정을 느
낄 수 있는 사람이구나, 이런 게 사랑의 감정이구나. 지훈이를 보

고 있으면 어떤 사람이 될까, 어떤 어른으로 자랄까 궁금하기도 하고 기대가 될 때도 있어요. 어떤 모습이더라도 상관없지만 딱 하나 바라는 건, 혹시나 지훈이가 남들과 다르더라도 사람들의 시선 때문에 억지로 무언가를 하지는 않았으면 해요. 그냥 저처럼 살아도 괜찮다고 생각하거든요."

빙글 웃으며 경복이 자리에서 일어났다. 끄응, 소리를 내며 허리를 잡는 모습에 따라 일어나던 박원이 잠시 미소 지었다. 경복이 걸음을 옮기자, 건물 안에 있던 직원들이 다가와 인사를 건넸다. 하나같이 곱게 한복을 차려입은 채였다. 박원도 고개를 숙여 인사하며 경복의 뒤를 따랐다.

"미안해요, 박 선생님. 왜 그런 얘기까지 하게 됐을까요. 이상하게 박 선생님 보면 이런저런 얘기가 하고 싶어지더라고요. 꼰대라서 그런가…."

입구의 나무문이 양쪽으로 활짝 열렸다. 박원이 먼저 지나갈 수 있게 경복이 문 쪽으로 다가가 공간을 터줬다. 지나던 관광객들이 열린 공간 안을 흘금거렸다.

"아니에요, 김 선생님. 사실은…."

문밖으로 나온 박원이 뒤돌아 경복을 바라봤다. 뒷말을 기다리는 경복의 눈빛이 반짝였다. 박원이 머뭇거리는 사이 낯선 웅성거림이 두 사람을 향해 다가왔다. 박원은 스치듯 눈이 마주친 중년 여성의 얼굴이 어딘가 익숙하다고 생각했다. 그러나 다음 순간, 여자는 휙 고개를 돌려 일행들과 함께 뒤돌아서 사라져 버렸다. 고개를 갸웃거리는 박원에게 경복이 말했다.

"이제 애들한테 가볼까요, 박 선생님."

＊＊

팔짱을 두른 예진의 손에서 생경한 힘이 느껴진다고 우혜는 생각했다. 미숙과 헤어진 후로 예진은 한순간도 우혜에게 두른 팔을 풀지 않았다. 분명 함께 있는데, 우혜만 이해하지 못하는 분위기가 감도는 것 같았다. 예진과 눈이 마주친 아이들이 이유도 없이 크게 웃기를 몇 번이나 반복했다.

떠올려보니 어렸을 때 예진과 이곳에 온 적이 있었다. 다솜과 알기 전이니까 아마도 초등학교 입학 때쯤이었을 것이다. 새삼 두 사람이 이제는 중학생이 됐다는 게 신기했다. 그만큼의 시간 동안 예진과는 만나지 않았다는 것도 우혜는 괜스레 미안해졌다.

"여기 들어가면 안 되는 거 아니야?"

휩쓸려 들어온 후에야 우혜는 입구의 출입 금지 표지판이 떠올랐다. 분명 잠겨 있던 것 같은데, 예진의 친구들이 어떻게 문을 연 건지 알 수 없었다. 문밖과는 확연히 다른 느낌에 낯선 한기가 느껴졌다. 힘을 주어 우혜는 예진의 팔을 풀어냈다.

"저기 보여?"

궁궐 내 어디서나 흔히 볼 수 있는, 특색 없는 목조 건물이었다. 예진의 손끝은 그 옆 왼쪽으로 난 작은 문을 가리키고 있었다.

"저기 들어가 볼래?"

또 한 번 눈을 맞춘 아이들이 정확하게 같은 타이밍에 합창하 듯 크게 웃었다. 그제야 천천히 그 웃음의 의미를, 그들만의 비밀 을 우혜는 눈치챌 수 있었다.

"아니. 나가자, 예진아."

우혜가 움직이자, 예진의 친구들이 양옆에서 우혜의 팔을 우악 스럽게 잡았다. 예진에게 혼자 잡혔을 때와는 차원이 다른 압력이 우혜의 몸을 압박했다. 우혜의 등 뒤로 가서 선 예진이 우혜의 등 을 주먹으로 퍽퍽, 여러 번 쳤다.

"야, 너 이제 어다솜하고도 안 논다며. 우리랑 놀려면 이 정도는 한번 해줘야지. 우리가 친구도 없는 너랑 놀아주는 거니까, 우리 를 재미있게라도 해줘야지. 빨리 들어가."

말끝에 예진은 두 팔에 온 힘을 실어 우혜의 등을 거칠게 밀었 다. 다리가 꺾인 우혜의 상체가 앞으로 넘어질 뻔했지만, 양옆의 팔들이 재빠르게 일으켜 세웠다. 날카로워진 예진의 표정과 한쪽 입꼬리를 올리며 웃는 예진의 친구들에, 우혜는 다리가 덜덜 떨렸 다. 주변은 온통 조용했다. 그게 더 무서웠다. 도와줄 사람이 없을

게 확실했다. 어쩌면 한번 빨리 들어갔다 나오는 게 나을 것도 같았다.

"그냥 몰래 들어갔다가 나오면 아무도 모를 거야. 뭐 있나 한번 보고 알려줘."

"진짜⋯ 괜찮을까?"

예진뿐 아니라 그 친구들까지, 모두 우혜를 노려보고 있었다. 우혜는 더 이상 거부할 수 없다는 걸 느낄 수 있었다.

"그럼, 당연히 괜찮지."

순간 우혜를 잡고 있던 양옆의 팔이 열린 문, 작은 공간 안으로 우혜를 던져 넣었다. 문이 닫히자, 마치 갑자기 눈을 감은 듯 온통 어둠이 급습했다. 그저 암흑이었다. 그리고 공포였다. 어떤 용도의 공간인지는 가늠도 되지 않았다. 볼 수 없다는 두려움에 우혜는 이미 울고 있었다.

"이제 됐지? 꺼내줘, 예진아."

엉덩이를 끌며 겨우 조금씩 앞으로 나가다 손이 닿자, 우혜는 문을 두드렸다. 우는 목소리를 들키고 싶지 않아 억지로 침을 삼켰다.

"야, 여기 CCTV 없어?"

"이런 일로 CCTV까지 보겠어? 쟤가 혼자 그랬다고 하지, 뭐. 우리가 봤다고 하자니까."

"그럼 빨리 나가자."

말소리들이 점점 멀어지고 있었다. 아니라는 걸 알면서도, 우혜는 하염없이 가파른 절벽으로 떨어지는 것 같은 기분이었다. 억지로 참고 있던 들썩임이 순식간에 터져버렸다. 밤마다 꾸던 악몽 속이 아닐까도 싶었다. 우혜가 할 수 있는 거라곤 쉬지 않고 거친 결의 나무문을 두드리는 것뿐이었다.

택시에서 내려 달려오는 동안 이선의 신발 한쪽이 벗겨졌다. 맨발에 닿는 돌바닥이 날카로웠지만, 그조차도 느낄 수 없었다. 뒤돌아 신발을 살필 겨를도 없었다. 그쯤 없어져도 상관없었다.

거친 숨을 몰아쉬며 도착한 이선이 동그랗게 선 아이들의 무리 중간을 갈라 안으로 들어갔다. 허공을 보는 듯한 시선으로도 단번에 우혜를 찾아내 두 손으로 우혜의 얼굴을 감싸 쥐었다. 여전히 겁에 질린 우혜는 덜덜 떨고 있었다.

"괜찮니?"

이선의 큰 눈에는 눈물이 그렁그렁했다. 가는 입술이 제멋대로 떨리고 있었다. 곁에서 우혜를 부축했던 예진이 한 발 뒤로 물러났다.

"옆 학교 친구들인데, 갇힌 우혜를 구해줬어요."

박원이 예진과 친구들에게 잠깐 시선을 줬다가, 다시 이선을 바라봤다.

"혼자 다니다가 실수로 들어갔는데, 문이 닫혀버렸다고 하더라고요."

예진이 이선을 바라보며 순진한 표정으로 설명했다. 진심으로 옆 학교의 친구를 구해준 자신이 대견한 듯한 눈빛이었다.

"다시 한번 고맙다, 얘들아."

경복이 예진의 친구들과도 한 명 한 명 눈을 맞췄다. 길고 큰 숨을 천천히 뱉으며 이선이 우혜를 껴안았다. 들이마시는 숨에 눈물이 섞여 여러 번 끊겼다 다시 이어졌다. 팔다리에 불규칙한 경련이 일었다. 신발을 잃은 왼발 뒤꿈치에는 피가 배어 있었다.

"괜찮아…. 다행이야…. 이제 괜찮아."

이선이 우혜의 등을 조심스럽게 여러 번 토닥였다. 창백한 손은 여전히 떨리고 있었다. 아직도 선명하지 않은 시선은 하늘 먼 어딘가를 응시하고 있었다. 괜찮아, 다행이야. 마치 이선은 자기 자신에게 주문을 걸듯 계속 되뇌었다. 우혜의 등에서 떨림이 서서히 잦아들자 이선이 몸을 떼고 우혜의 얼굴을 살폈다.

"그럼, 저희는 가보겠습니다."

예진과 친구들이 90도로 허리를 굽혀 인사했다. 그들이 나갈 수 있게 구경하던 무리들이 공간을 터주었다. 그제야 달려온 미숙이 떠나는 예진 무리와 마주쳤다. 서로 눈길을 교환하며 입술에 힘을 주며 웃음을 참는 걸 미숙만이 볼 수 있었다.

"도대체 두 분은 어디서 뭘 하고 있었던 겁니까?"

열 번쯤 아이들의 숫자를 확인하고 돌아온 박원을 향해 이선이 거칠게 소리를 질렀다. 경복이 찾아온 이선의 신발을 맨발 앞에 가져다 놓았다.

"죄송합니다."

박원이 이선에게 고개를 숙였다.

"큰 사고라도 났으면… 정말 어쩔 뻔했습니까? 어? 그러기라도 했으면… 정말….."

불안한 제자리걸음을 계속하는 이선에게 경복이 다가갔다.

"돌아가는 길에는 제 차 대신에, 아이들하고 같이 지하철 타고 갈게요. 교감 선생님도 이제 좀 진정하세요."

경복이 사 온 생수의 뚜껑을 열어 이선에게 건넸다. 아직도 떨리는 이선의 손 때문에 생수병 입구로 물이 찔끔찔끔 흘러넘쳤다. 경복이 주머니에서 손수건을 꺼내 이선의 다른 손에 쥐여주었다. 지나가는 사람들이 이선을 힐금거렸다.

"괜찮으실 거예요."

기다리는 아이들을 바라본 경복이 박원에게 눈짓했다. 쉽사리 떨어지지 않는 걸음으로 박원이 뒤로 돌아 이선을 등졌다.

박원과 경복이 아이들을 통솔하며 광화문을 빠져나가는 걸 확인한 후에야 이선이 생수병을 들이켜기 시작했다. 땅바닥까지 흘러넘친 물이 양손을 온통 적신 채였다. 단숨에 바닥을 보인 생수병을 옆구리에 끼고, 손수건으로 맨발을 털어 신발을 꺾어 신었다. 뾰족한 통증이 그제야 느껴졌다. 꺾인 신발은 굳이 펴지 않았다.

"저기… 교감 선생님이시죠? 저희는 학부모인데요."

세 명의 중년 여성들이 이선의 앞으로 다가왔다. 어디서나 볼 법해서 지나간 후에는 기억에 남지 않을 것 같은 인상들이었다.

"아까 보니까, 선생님들 둘이 생과방에서 아주 다정하던데요? 아니, 애들은 맘껏 풀어놓고 둘이 화기애애하더라고요."

이선이 돌아보자, 셋 중 하나가 아예 이선의 곁으로 다가와 손으로 입을 가리고 속삭였다.

"저기 미술 선생님은 결혼하신 분 아니에요? 옆에는 올해 새로 오신 선생님이죠?"

가까워진 거리만큼, 다시 거리를 넓히며 이선이 고개를 크게 가로저었다. 그러고는 반드시 기억하겠다는 듯 세 사람의 얼굴을 하나하나 뚫어져라 쳐다봤다.

"그런데 학부모님들께서는 여기 무슨 일로 오신 건가요? 요즘 그런 분들이 있다고 말로만 들었는데, 설마하니 일부러 따라오신 건가요?"

마주친 눈들이 어색하게 피하며 뒤로 물러났다.

"아니에요, 우리는 그냥… 저기, 지나가는 길에…."

약속이라도 한 듯 세 사람의 헛기침이 연신 계속됐다. 경계를 풀지 않은 눈빛으로 이선이 겨우 숨을 골랐다.

7

미술실 안 여섯 개의 조별 책상 중 늘 비워두는 하나를 제외하고, 다른 네 개의 책상들과는 달리 하나만이 확연히 무채색의 어두운 공기에 짓눌리고 있었다. 미술실 네 개의 벽면을 채우고 있는 다양한 색들처럼, 네 개의 조는 각기 다른 다채롭고 선명한 색으로 생기를 뿜어내고 있었다. 수업에 무리가 되는 선이 아니라면, 경복은 수업 시간 동안 자유로운 대화와 분위기를 권하는 편이었다.

오직 하나의 책상만이 마치 무성영화의 슬로비디오처럼 소리 없이 움직이는 모습을 경복은 아직은 그저 지켜보기로 했다. 아이들은 분명 스스로 성장하는 힘이 있다고 경복은 믿고 있었다. 그리고 그 모습을 믿고 지켜보는 것이 어른들이 할 수 있는, 가장 어렵지만 중요한 일이라고도 생각했다. 조별 책상의 근처를 오가며, 가까이 때로는 멀리 경복이 아이들 앞의 스케치북을 천천히 살펴보고 있었다.

"그때 왜 그랬어? 거긴 왜 들어간 거야?"

좀처럼 고개를 들지도, 다솜 쪽을 향하지도 않는 우혜를 바라보는 다솜의 눈썹과 눈꼬리가 한껏 처졌다. 가는 바람에도 흔들리는 머리카락을 잔뜩 아래로 늘어뜨린 채 우혜는 스케치북만을 멍하니 응시하고 있었다.

"니가 혼자 그랬다는 게 말이 안 되잖아, 우혜야."

다솜이 우혜 쪽으로 의자를 바짝 끌고 다가갔다. 두 손가락으로 우혜의 늘어진 머리카락을 만지자, 우혜가 상체를 뒤로 움직여 다솜의 손을 거둬냈다. 격정적이지는 않지만, 분명히 단호한 의사 표현이었다. 건너편의 미숙이 두 사람에게서 신경을 거두지 못하고 있었다. 여전히 예진과 일행이 떠나면서 나누던 비밀스러운 비웃음이 생생하게 떠올랐다. 우혜가 입을 굳게 닫고 거짓말을 내버려두는 이유를 미숙은 조금은 이해할 수 있을 것도 같았다. 그래서 미숙은 자신이 본 것을 말할 수 없었다.

"야, 너 살색 있냐? 살색 물감 있으면 좀 빌려줘!"

"이거? 이건가?"

우연히 모두의 소란스러움이 한꺼번에 잦아들던 때였다. 그래서 미술실 안의 모두에게, 미술실의 차가운 벽면에까지 크지 않은 목소리가 여과 없이 파고들었다. 아직도 남아 있는 등 뒤 소리의 잔상을 느끼며 바움이 잔잔히 미숙을 바라봤다.

책상들 사이, 미술실의 한가운데쯤 서 있던 경복이 두 사람의 손안에서 오가던 물감을 바라보다 천천히 교탁으로 이동했다. 그러고는 책상 위의 볼펜을 집어 들어 교탁 안쪽으로 들어가서는, 다른 손으로 모서리를 잡고 창밖을 멀리 응시했다. 아이들 앞에서 경복이 교탁 뒤편으로 들어간 건 처음이었다.

교실에서는 어쩌면 당연했던 구도였지만 평소의 경복과는 너무나도 다른 분위기에 아이들의 입이 절로 다물어졌다. 한순간에 심각해진 눈빛들이 경복의 움직임을 가만 좇고 있었다. 입술을 앙 다문 경복이 볼펜을 머리 위까지 들어 올려 제 정수리를 가볍게 내리치기 시작했다.

"이 인간이 왜 이러나… 궁금하지?"

말을 이으면서도 볼펜의 움직임은 여전히 일정한 속도로 계속되고 있었다.

"골 때리는 중이었어. 고민할 때 내 버릇이야."

씨익 웃으며 경복이 볼펜을 내려놓자, 누군가를 시작으로 안도의 웃음이 터져 나왔다. 교탁을 다시 빙 둘러 앞으로 나온 경복이 미술실 중간을 가로질러, 잠시 경복을 고민하게 만들었던 물감을 집어 들었다.

"살구색, 혹은 연주황색이라고 불러. 그것도 아주 정확하지는 않다는 의견들도 많지만."

집어 든 물감을 눈높이까지 들어 올리고, 경복은 제자리에서 천천히 한 바퀴를 돌며 아이들에게 물감을 보여주었다.

"살색이라는 단어는 이미 10년도 전부터 사용하지 않기로 한 단어야."

"왜요?"

그저 순수한 무지의 눈빛들이 경복을 올려다보고 있었다. 감청색의 생활한복의 저고리 아랫부분이 펄럭, 날렸다가 이내 얌전해졌다. 숨을 가다듬은 경복이 물감의 주인에게 다가가 손목 위에 살포시 물감을 얹어 보였다. 후드 티셔츠의 소매를 걷어 올린 팔뚝은 이미 봄볕에 많이 그을린 채였다.

"어때? 니 살색인 것 같아?"

"아니요. 저 요즘 축구 많이 해서 탔어요."

주변을 시작으로 점점 잔잔한 호수 위에 퍼지는 물결처럼 각자가 자신의 팔을 들어 물감의 색과 번갈아 살펴보기 시작했다.

"모든 사람의 살색, 그러니까 피부색은 달라. 물론, 색으로 인종을 표현하는 단어는 아직도 존재해. 하지만 그 모든 인종과 모든 사람의 피부색을 살색이라는 한 단어로 표현하는 건 불가능하지 않을까?"

경복이 물감을 다시 주인의 손에 꽉 쥐어주었다.

집에 돌아와서도 경복의 이야기를 듣던 미숙의 표정을 바움은 계속 떠올리고 있었다. 언뜻 보기에는 그저 수업에 집중한 듯한 모습이었다. 실제로도 그것뿐이었을지도 모른다. 하지만 바움은 그동안은 신경도 써본 적이 없지만, 이제는 낯설게만 느껴지는 그 물감의 색을 도저히 머릿속에서 떨쳐낼 수가 없었다. 바움도 지금까지 당연하다고 생각했던 단어였다. 어쩌면 그마저도 인식하지 못했을지 몰랐다.

의자에 앉은 채로는 손이 닿지 않는 책상의 가장 아래 칸 서랍을 열기 위해 바움이 의자에서 내려왔다. 엄마가 고른 물푸레나무 서랍은 튼튼한 만큼 무거웠다. 높이도 크기도 가장 큰 아래 서랍은 바움이 한 번에 열기에 버거웠다. 손잡이를 잡은 바움의 두 손에 힘이 들어갔다.

학교 미술 시간에 가져갔던 물감은 열여덟 가지 색이 하나의 세트였다. 바움은 서랍 가장 안쪽에 넣어뒀던 120색의 파스텔 세트를 꺼냈다. 역시나 아빠가 언젠가의 비행에서 돌아올 때 사다 준 선물이었는데, 아직 뚜껑 한 번 열어보지 않은 새것이었다.

묵직한 나무 책상 위에 내려놓자 길고 큰 철제 케이스가 닿는 소리도 무거웠다. 의자로 되돌아와 앉아 바움은 뚜껑을 열었다. 반질반질한 표면에 각기 다른 색의 막대기들이 가지런히 놓여 있었다. 왼쪽 팔을 책상에 얹고 비슷해 보이는 색깔들을 하나하나 꺼내 바움이 제 팔에 가져다 대보았다. 경복의 말대로 바움의 피부색과 일치하는 색은 없었다.

색의 그러데이션을 따라 왼편으로 무채색 계열이 여럿 자리하고 있었다. 하얀색에서 시작해 회색, 가장 아래에 검은색이 놓여 있었다. 바움은 스케치북을 열고 검은색으로 선을 몇 번 그었다. 겉면이 코팅된 파스텔의 고운 가루가 떨어졌다. 길이도, 굵기도 다른 선들이 제멋대로 길을 터나갔다. 바움은 이제는 당연할 수 없는 그 색과 기분을 읽어낼 수 없던 미숙의 표정을 다시 한번 떠올렸다.

"너 또 전화도 안 받고, 이제 학원도 안 나오려고? 영어 공부는 좋아했잖아."

그래서 지연이 들어오는 소리도 듣지 못했다. 마치 TV를 보다가 채널을 바꾼 것처럼 엄마가 갑자기 등장한 것만 같았다. 지연은 당연히 학원에 있을 시간이었다. 혼자만의 조용한 오후를 방해받는 것도, 익숙지 않은 시간에 엄마를 보는 것도 바움은 전혀 반갑지 않았다.

"언제부터 나한테 관심 있었다고."

당연히 진심은 아니었다. 바움 자신도 들어본 적 없는 목소리였다. 입에서 튀어나온 말에 스스로 더욱 놀라고 말았다.

"그게 무슨 소리야. 왜 그래, 바움아. 이유라도 말해봐, 응?"

지연이 무릎을 굽혀 바움에게 눈을 맞추며 쪼그려 앉았다. 탄력이 없는 정장 치마가 팽팽하게 늘어났다. 지연 쪽은 바라보지도 않고 바움이 파스텔의 뚜껑을 닫고, 선을 그었던 스케치북도 탁 소리가 나게 닫았다. 바움이 앉은 의자를 힘주어 돌려, 지연이 바움의 한 손을 잡았다. 공중에 뜬 바움의 두 발이 대롱거렸다. 어쩔 수 없이 두 사람의 눈이 서로를 바라봤다.

"나는 장애인이야?"

이번에는 진심이었다. 그날 이후 내내 묻고 싶었던 말이다. 시도 때도 없이 불쑥불쑥 화가 나던 이유가, 뜀틀 연습을 하는 아이들을 보며 괴롭던 마음이, 아마도 이것 때문이리라 바움은 생각했다. 목구멍을 간질이던, 그러다 이내 날카로운 철심이 되어 심장을 찌르던 그 말이 준비할 새도 없이 별안간 튀어나와 버렸다.

"갑자기 무슨 소리야?"

다른 손까지 마주 잡으려는 지연의 손을 바움이 억지로 떼어냈다. 다시 잡으려다 멀어지는 지연의 손이 떨리고 있었다. 결국 바움은 몸을 돌려 책상 앞의 창문 밖으로 시선을 돌렸다.

"서류 봤어, 엄마 서재에서."

열린 창밖으로 멀리 새소리가 들려왔다. 아파트 단지 내 놀이터에서 뛰어노는 아이들이 목청껏 내지르는 소리도 귓가를 때렸다.

끙, 새어 나오는 소리를 참지 못하며 지연이 자리에서 일어났다. 책상 옆, 바움의 침대로 걸음을 옮겨 지연이 끝에 걸터앉았다. 자연스레 자신을 등진 딸의 뒷모습을 바라보는 꼴이 되었다.

"엄마가 늘 그랬잖아. 나는 조금 작을 뿐이라고, 다른 건 다 똑같다고. 그래서 학교도 일반 학교 다니는 거고. 걷고, 보고, 듣고, 나는 다 할 수 있잖아. 리베보다 공부도 잘해. 그런데도 내가… 장애인이야?"

한번 터진 감정의 봇물을 바움 자신도 어쩔 수가 없었다. 요즘 들어 그 누구와도 제대로 된 대화랄 것을 한 기억이 없었다. 시끄러운 건 딱 질색인데. 갑자기 가빠진 숨에 바움의 가슴이 크게 들썩이고 있었다.

"너한테 하나의 선택지가 될 수도 있을까 해서 알아본 거야. 제대로 알아본 것도 아니야. 그냥 서류만 다운받은 거였어."

등 뒤에서 들려오는 엄마의 목소리에 얼굴을 마주하지 않은 것이 그나마 다행이라고 바움은 생각했다. 마주 보고 있었다면, 엄마의 표정을 고스란히 바라보는 일이 두 사람 모두에게 훨씬 더 힘들었을 게 분명했다.

"엄마 아빠 소득 때문에, 아마 우리는 조건도 안 될 거야."

엄마의 목소리가 점점 작아지고 있다는 걸 바움도 느낄 수 있었다. 어쩌면 엄마도 '나'처럼 떨고 있을까. 고개를 돌리고 싶었지만, 바움은 그럴 수 없었다. 그나마 지금이라도 당장 엄마가 방에서 나간다면, 아직도 가슴속에 남아 있는 분노를 그나마 다스릴 수 있을 것 같았다.

"그런데 뜀틀은 못 넘어."

당장 자리를 뜨지 않은 엄마의 잘못이었다. 결국 하고 싶지 않았던 말을, 보이고 싶지 않던 바닥을 바움은 어쩔 수 없이 꺼내 보이고 있었다.

"그 전에 구름판까지도 제대로 달려갈 수 없어. 빨리 뛰어야 구름판을 구를 수 있는데, 나는 그것조차 못 해."

지연이 간신히 바움이 앉아 있는 의자의 등받이를 잡았다. 차마 바움의 떨리는 어깨는 잡지 못해서였다.

"뜀틀 못 넘는 사람 많아, 바움아. 엄마도 학교 다닐 때 한 번도 못 했어. 니가 엄마 닮았나 보다, 응?"

정확히는 엄마가 아니라 엄마의 외할머니를 닮았겠지. 그래서, 아빠를 닮지 못해서 엄마가 원망스러워. 목구멍까지 차오른 그 말만큼은, 그래도 거기까지는 하지 않을 수 있어 다행이라고 바움은 생각했다.

지연이 일어나자 침대 매트의 스프링이 끼익 소리를 냈다.

**

갑작스럽게 손을 잡아끄는 예진의 힘에 우혜는 입구의 계단을 헛디딜 뻔했다. 지나면서 새로 생긴 걸 보긴 했었는데, 들어와 보긴 처음이었다. 아마도, 당연히 다솜과 함께 와야지 생각했던 곳이었는데.

짧은 커튼이 달린 네모의 부스들 중 이미 여러 군데에서는 사진 찍는 소리가 연달아 나고 있었다. 실내를 둘러보며 감탄하는 예진과 친구들이 소품이 진열되어 있는 구석의 공간으로 들어갔다. 예진이 손은 흔들며 우혜를 재촉했다.

그래도 선생님들께 일러바치지도 않고 의리가 생겼다며, 예진은 친구들과의 단톡방에 우혜를 초대했다. 끊임없이 울려대는 알림을 무음으로 해놓자, 질문에 바로바로 대답하지 않는다는 질타를 받았다. 우혜의 단톡방 합류 기념으로 사진을 찍자는 예진의 말에 모두가 박수 이모티콘을 보내며 동의했고, 어쩔 수 없이 우혜도 마지막으로 따라 해야만 했다.

각자 고른 가발과 선글라스를 걸치고 예진과 무리가 빈 부스 안으로 들어갔다. 기계의 화면 테두리, 밝은 조도의 조명들 때문에 우혜는 몇 번이나 눈을 깜빡여야 했다. 닫힌 커튼 아래 다리들이 스스럼없이 겹치고 있었다.

"들어와, 변우혜. 니가 돈 내야지."

예상한 일이었다. 미리 준비해 두길 다행이라고 우혜는 생각했다. 돈만 건네주고 이 시끄러운 공간에서 빠져나갈 수 있다면. 지폐를 꺼내는 우혜의 손을 다른 한 명이 우악스럽게 잡아 쏙 지폐를 가져갔다.

사진의 배경과 화면이 바뀔 때마다 터지는 웃음소리가 부스 밖으로 새 나갔다. 아득해져 가는 정신에 우혜는 귀를 막았다. 여럿의 움직임에 나부끼다 보니 우혜는 어느새 무리의 가장 중앙에, 예진과 친구들이 주변에 빙 둘러선 모양새가 되었다.

"뭐야, 너. 왜 아무것도 안 했어? 가발 재미있잖아?"

예진이 우혜의 머리카락을 한 움큼 잡아 과장스럽게 손가락에 둘둘 말자, 맞춘 듯 같은 타이밍에 모두가 소리 높여 웃었다. 또 다른 손이 반대쪽 머리카락을 그만큼 잡아 끌어당겼다.

"볼에 바람도 좀 넣어봐, 이렇게."

우혜의 얼굴을 잡은 또 다른 손이 거칠게 힘을 주어 볼을 늘렸다.

"키 좀 낮춰봐. 나 안 나오잖아."

뒤에서 다가온 팔꿈치가 우혜의 정수리를 찍어 눌렀다. 찰칵, 소리와 함께 터지는 플래시에 우혜는 여러 번 눈을 감았다 떠야

했다. 사이사이 잠시 눈을 떴을 때, 예진의 웃는 얼굴이 보였다. 사과처럼 동그란 이마가, 여전히 따스하게 붉어진 두 볼이 즐거워 보였다. 이런 상황이 아니었다면, 우혜도 덩달아 미소가 지어질 것 같은 얼굴이었다.

잊고 지냈던 그날이 떠올랐다. 처음으로 놀이공원에 갔던 초등학교 첫 체험학습, 그날도 눈이 마주칠 때마다 예진은 이유 없이 해맑게 웃었다. 함께 마셨던 딸기 우유의 맛이 오래도록 입안에 남아 있었다. 같은 색의 풍선을 하나씩 쥐고 하늘을 올려보던 순간도 문득 떠올랐다. 예진은 어쩌면 그날을 모두 잊어버린 걸까. 마지막 사진의 플래시가 터졌을 때, 제대로 깜빡이지 못해 빨개진 우혜의 눈에서 눈물이 한 줄기 가늘게 떨어졌다.

**

끊임없이 들어오는 SNS의 메시지 대부분은 타투 도안이었다. 딱히 할 일도 없었으므로, 미숙은 사진을 터치해 살펴봤다. 단 한 번도 답장하지 않았지만, 그날 이후로도 미노는 계속해서 미숙에게 연락을 해왔다. 누군가에게 이렇게까지 지속적인 관심을 받아본 적이 없는 미숙에게는 신기한 경험이었다. 그러니 한 번쯤은 다시 만나봐도 괜찮지 않을까, 문득문득 미숙은 미노의 고양이 타투가 떠올랐다.

그럼에도 지금 보고 있는 그림들은 이해할 수가 없었다. 가끔씩 눈에 띄는 해골은 오싹하기까지 했다. 평범하게 귀여운 디자인은 또 없을까. 미노의 SNS에 접속했다. 그새 프로필이 조금 바뀌어 있었다. 나이, 28세. 아랫입술을 뚫고 걸려 있는 두꺼운 피어싱은 아프지 않을까.

나쁜 일을 한 것도 아닌데 현관문 열리는 소리에 미숙이 휴대전화를 떨어뜨릴 뻔했다. 미숙은 바닥에 앉은 채 그대로 빼꼼 방문을 열어 엄마가 들어오는 것을 확인했다. 익숙한 동작으로 거실 등도 켜지 않고 들어와 앉은 마른 어깨가 유난히 굽어 보였다. 안 그래도 다른 엄마들보다 나이도 많은데. 미숙은 지하철역 앞에서 채소를 파는 할머니들이 떠올랐다.

"방에 있지? 좀 나와봐."

이틀 만에 보는 얼굴이었다. 미숙이 잠들고 나서야 엄마는 들어왔고, 아침에 미숙이 깨기 전에 이미 나갔으니까. 미숙이 거실의 조명 스위치를 누르자, 깜빡이는 형광등에 맞춰 엄마의 두 눈도 몇 번 깜빡였다. 눈의 움직임을 따라 이마의 주름들이 조금씩 더 깊어지는 것 같았다.

"엄마, 오늘 일찍 왔네."

선뜻 다가서지 못하는 다리를 끌며 미숙이 방의 문턱을 넘었다.

"물 한 잔만 가져다줄래?"

낯선 시간에 만나는 엄마의 낯선 부탁, 그리고 말투. 예감이란 게 있다면 이런 순간일 거라고 미숙은 생각했다. 냉장고 문을 열어 보리차를 꺼내고 컵에 따르면서 미숙은 엄마의 옆모습을 곁눈질했다. 길게 내쉬는 숨에 엄마의 몸이 바스러지지는 않을까, 분명 복순은 무언가를 주저하고 있는 듯했다.

"미숙이는 원래 내 이름이었어."

보리차를 단숨에 들이켠 복순이 거실의 큰 창 너머 먼 곳을 응시했다. 정말로 무언가를 바라보며 살피는 눈빛은 아니었다. 괜히 미숙은 기다란 팔다리를 감싸안아 몸을 동그랗게 말며 적당한 거리를 두고 복순의 옆으로 가 앉았다.

"그래도 그때는 예쁜 이름이라고, 느이 외할머니가 지어준 거야. 그런데 우리 아버지가 면사무소에 가는 날, 술에 취해서는 마음대로 복순이라고 출생신고를 한 거지."

한 번도 본 적 없는, 그리고 처음으로 듣는 할머니, 할아버지의 이야기였다. 엄마는 늘 엄마여서, 어린 시절이 있었을 거란 당연한 사실조차 상상해 본 적이 없었다. 그래서인지 복순의 눈가에 물기가 차오르는 걸 보며, 미숙은 엄마가 더욱 낯설게 느껴졌다.

"우리 엄마가 탓하니까, 복되게 살라고 지었다더라. 복은 무슨…."

복순은 손등으로 대충 코 아래를 문질렀다. 그러고는 창밖 멀리가 있던 시선을 거둬 미숙을 바라봤다.

"그래서 딸 낳으면 지어주고 싶은 이름이었어. 아무렇게나 붙인 이름 아니야."

딱히 할 말이 있는 것도 아니었고, 꼭 대답이 필요하지도 않을 것 같았다. 또다시 여러 번 크게 내쉬는 복순의 불규칙한 숨소리를 미숙은 가만히 듣고 있었다. 한참을 힘껏 웅크렸던 팔다리를 미숙이 조금씩 헐겁게 풀어냈다.

"엄마 국민학교 때는 반마다 미숙이란 이름이 한둘씩은 있었어. 한 반에 70명씩 오전반, 오후반으로 공부하던 때였는데, 제일 예쁜 이름은 아니었지만 만나는 미숙이마다 어쩜 다들 그렇게 예쁘고 공부도 잘하고 착한지. 우리 아버지만 아니었다면 나도 그렇게 예쁜 이름에, 예쁘고, 공부도 잘하고, 착한 사람이 될 수 있을 것만 같았거든."

눈에 띄게 떨리는 손을 주머니에 넣고는 복순이 여러 번 그 안을 만지작거렸다. 크게 한 컵을 단숨에 들이켰음에도 부족한지 마른침을 계속 넘겨댔다. 그제야 주머니 속 마른 손이 하얀색 편지 봉투를 꺼내 미숙 앞에 반듯하게 내려놓았다. 전체가 온통 너덜너덜 구겨진 게 꽤나 오랫동안 갖고 다녔던 것 같았다.

"그런데, 느이 아빠가 예쁘다고 해주더라고. 내 이름, 복순이가 예쁘다고. 다른 미군들은 다들 엉성하게 제대로 발음도 못 하는데, 느이 아빠만은 정확하게 내 이름을 불러줬어."

선뜻 만지지 못한 채 바라보기만 하는 미숙이 답답했는지 복순이 얼른 편지봉투를 들어 미숙의 손에 쥐어 주었다. 겉면에는 영어가 쓰여 있었다. 학교에서 배운 알파벳 정자체와는 다르게 온통 서로 연결된 글자들이었다. 그래도 대문자 USA만은 확실히 읽을 수 있었다.

"너 태어나기 전에 일하던 식당 사장님이 물어물어 연락을 해오셨더라고. 느이 아빠가 보낸 편지야. 아는 연락처라고는 그 식당뿐이라 거기로 보냈더라고."

제대로 붙잡지도 못하는 엄마의 손을 뿌리치고 나온 곳이 결국 여기였다. 나오고 나서야 미숙은 주머니에 편지가 들어 있다는 걸 깨달았다. 머리가 띵할 정도로 속도를 낸 후에야 달리고 있다는 것도 알아차렸다. 급하게 멈춰 서 턱 끝까지 차오른 숨을 여러 번 길게 뱉어냈다.

허리를 굽히고 고개를 드니 눈앞에 초록의 장관이 펼쳐졌다. 익숙한 외로움이 주는 안정. 금방 정돈된 일정한 숨을 느끼며 미숙이 허리를 펴고 섰다. 클랙슨 소리를 듣고서야 자전거 도로에 서 있다는 걸 알아차렸다. 얼른 인도로 한 걸음을 옮겼다. 여러 대의 자전거들이 급하게 미숙의 곁을 지났다.

영어라면 미숙도 어느 정도는 해석할 수 있었다. 안 되면 번역 앱을 사용해도 되고, 아니면 바움에게라도 물어보면 된다. 엄마는 왜 이걸 학교에까지 가져갔던 걸까. 그러니까 쌤도 다 알고 계셨다니. 그런데도 한 마디 없었던 건 아마도 무관심해서였겠지. 미숙은 엄마한테만큼이나 박원에게도 서운한 기분이 들었다.

아빠, 미국, 영어 이름. 엄마의 입에서 나온 거라고는 믿을 수 없는 단어들이 가슴에 콕 박혀 심장을 찌르고 있었다. 아무리 빨리 달려도 느껴본 적 없는, 한 번도 경험해 본 적 없는 숨 가쁜 고통이었다. 영어 이름 따위 생각해 본 적도 없었다. 미숙은 주머니 속 편지를 만지작거렸다.

배드민턴장을 옆으로 끼고 돌았을 때, 늘 가던 정자에 앉아 있는 유난히 작은 그림자가 눈에 들어왔다. 의외의 만남이긴 했지만, 미숙은 그다지 놀랍지는 않았다. 피해서 돌아갈까 싶었지만, 그리고 싶지 않았다. 어느덧 길어진 5월 오후의 해를 등지고 미숙이 바움을 향해 걸음을 떼었다. 그러자 더 고민할 새도 없이, 다리가 멈추지 않았다.

갑자기 드리운 긴 그늘에 바움이 고개를 들었다. 움찔하는 눈동자가 분명 놀랐는데도, 바움은 이내 고개를 숙일 뿐이었다. 사이에 공간을 두고 미숙이 옆으로 가 앉았다. 바움의 두 발은 땅끝에 간신히 닿아 있었다. 멀찌감치 다리를 뻗은 미숙이 오른발 뒤꿈치로 퍽퍽 땅을 찼다.

누구도 먼저 말을 걸지 않았다. 그래도 딱히 불편하지 않았다. 수많은 사람이 정자를 지나 배드민턴장과 농구장을 드나들었다. 자전거를 탄 아이들의 웃음소리가 묘한 화음을 만들어내고 있었다. 목줄이 풀린 강아지를 따라 중년의 남자가 소리를 지르며 달리기 시작했다. 둔탁한 발걸음이 바닥에 질질 끌렸다.

"아, 그만 좀 쳐다보시지!"

바움도 느끼고는 있었다. 그나마 무시하기 위해 간신히 애를 쓰고 있을 뿐이었다. 바움의 기억 속 미숙은 언제나 누구에게나 친절하고, 늘 무언가를 참고 있는 듯 보였는데. 미숙이 이렇게 큰 소리를 날카롭게 내지르는 건 처음 보았다. 바움의 고개가 절로 미숙을 향해 올라갔다. 꽤 높고 곧았던 소리의 진동이 아직도 귀 끝에서 느껴지는 것 같았다. 잠시 얼어 있던 사람들이 고개를 돌리고 다시 빠른 걸음으로 걷기 시작했다.

피식. 눈이 마주치자 생각지도 못했던 웃음이 터졌다. 마주치는 눈이 어색해 고개를 반대로 돌리고, 그래도 멈추지 않는 웃음을 끝까지 흘려보냈다. 미숙이 뻗었던 다리를 접어 발끝을 땅에 대고 세웠다. 그렇게 조금 더 사이의 공간을 좁혀 바움 곁으로 다가왔다.

"너는 왜 나왔어?"

미숙은 여전히 바지 주머니 속에 두 손을 넣은 채였다. 그제야 바움이 입을 떼었다. 간신히 땅에 닿은 발끝을 바움이 반동을 주어 천천히 흔들었다.

"뭐, 그냥 우리 동네에서 갈 만한 공원 여기밖에 없잖아."

바움도 어쩐지 똑같이 주머니에 손을 넣었다. 배드민턴장에서 셔틀콕이 휙휙 날아다니는 소리가 들려왔다. 몇 번 반복되나 싶더니, 순간 큰 환호가 터졌다.

"너, 왜 나한테 뜀틀 연습 나오라고 안 해?"

"나오라고 한다고 나올 것 같지 않아서."

누군가 놓친 축구공이 여러 개의 작은 포물선을 반복하며 두 사람에게 다가왔다. 얼른 자리에서 일어난 미숙이 한 손으로 공을 잡아 머리 위로 들어 크게 던졌다. 앞으로 쭉 뻗은 허리가 곧고 반듯했다. 공을 받은 남자아이가 살짝 고개를 숙여 인사했다.

"어떻게 알았어?"

"몰라. 그냥 느낌이 그렇더라고."

양 손바닥을 털며 미숙이 앉았던 자리로 되돌아왔다. 일몰이 가까워지면서 하루의 수명이 얼마 남지 않은 해가 속도를 높여 가라앉고 있었다. 분명 조금 전까지만 해도 다른 각도, 위치, 그리고 다른 색이었을 것이 분명했다.

"너 미국 가봤어?"

이제는 눈에 띄게 붉어진 해를 바라보는 미숙의 눈이 가늘게 떠졌다.

"아니, 미국은 안 가봤어. 왜?"

"그냥… 너는 부자니까, 가봤나 해서."

미숙의 주머니 속에서 부스럭, 종이 소리가 났다. 바움이 슬쩍 소리가 나는 쪽을 바라봤다.

"그런데 미국은 왜? 가고 싶어?"

"아니, 무슨. 여행이라고는 우리 나라에서도 한 번 못 가봤는데."

일관된 방향 없이 마음대로 흘러가는 대화인데도, 말하지 않아도 느낄 수 있다는 말의 의미를 미숙은 태어나서 처음으로 알 것 같았다. 나란히 앉아 같은 풍경을 바라보고 있을 뿐이지만, 혼자가 아니라는 사실만으로 힘이 된다는 것도 이제야 느낄 수 있었다.

엄마에게서 도망쳐 나온 길이었다. 혼자 있고 싶다고 생각했었다. 그런데도 혼자가 아니어서 지금, 미숙은 다행이라고 생각했다. 어쩌면 바움도 같은 마음이 아닐까. 미숙은 바움의 옆얼굴을 내려다봤다.

"나는 니가 싫었어. 아니, 너랑 둘이 있는 게 싫었어. 그래서 같은 학교 안 되길 바랐어. 아니, 같은 학교여도 같은 반은 절대 아니었으면 좋겠다고 생각했고."

"잘됐네, 나도 마찬가지야."

이 순간, 바움이 어떤 말을 하더라도 미숙은 이해할 수 있을 것 같았다. 그리고 바움도 그럴 것 같았다. 싫다는 말과 달리 바움의 목소리에는 조금의 적의도 없었다. 되받아친 미숙의 목소리도 마찬가지였다. 이런 말을 할 수 있는 사람이 서로에게 서로뿐이라는 것도 이미 두 사람은 알고 있었다.

"지금도 봐. 우리는 혼자만 있어도 사람들한테 구경거리인데, 둘이 같이 있으니까 아주 궁금해 죽겠다는 표정들이잖아."

"그러거나 말거나. 다시 꽥 소리 질러줄 거야."

풉. 집을 나올 때만 해도, 놔주지 않던 엄마의 손을 잡고 놔달라고 애원하던 때만 해도, 바움은 그냥 울고 싶은 마음뿐이었다. 아이들이 가득한 아파트 단지 내 놀이터에는 들어갈 엄두도 나지 않았다. 근린공원이 집 가까이에 있어서 다행이었다. 마침 정자도 비어 있었다. 마음껏 울어본 적이 없어 그마저도 제대로 울지 못했다. 그보다 혼자서 구경거리가 되는 것이 더 두려웠다.

그런데도 이상하게 바움은 지금 웃고 있었다. 학교는 물론, 밖에서라면 더더욱 만나고 싶지 않은 얼굴이었는데. 이렇게 나란히 앉아 있는 지금이 불편하지 않다니. 아니, 꽤나 편안하기까지 하다니. 그런 자신을 바움은 믿을 수가 없었다.

"뜀틀 연습, 그냥 나와. 할 수 있는 만큼만 같이 하자."

"나오라고 한다고 나올 것 같지 않다면서."

"지금 너는 나올 수도 있을 것 같아서."

　지평선에 닿기 시작한 해는 하루의 마지막 힘을 내고 있었다. 지는 해를 이렇게나 자세히, 오랫동안 바라본 게 언제였더라. 바움은 잠깐 떠올려봤다. 미숙의 왼쪽 얼굴에 닿은 늦은 오후 어쩌면 이른 저녁 어스름의 빛이 바움의 오른쪽으로 빠져나와 하나의 풍경을 만들었다. 미숙이 굽히고 앉은 무릎이 바움의 다리로 그늘을 만들어 감쌌다. 이제는 확연히 어두워지기 시작한 땅바닥에 꼭 같은 색의, 꼭 같은 길이의 두 그림자가 나란히 앉아 있었다.

8

동네에서 가장 큰 사거리 횡단보도는 신호도 그
만큼 길었다. 동시 신호가 아니라 타이밍이 잘 맞지 않으면, 네 개
의 방향을 차례차례 다 돌아올 때까지 기다리는 게 꽤나 지루했
다. 그러니 오늘은 운이 좋았다. 횡단보도에 도착하자마자 초록
불이 들어왔다. 다른 날보다 조금 일찍 학교에 도착할 것 같았다.
박원은 가로세로 하얀색 선들을 쭉 바라봤다. 어제는 헬스장에서
평소보다 더 많이 달렸는데도, 오히려 온몸이 가벼웠다. 좋은 일이
있으려나, 하다 그런 일이 있을 리가 싶어 박원은 고개를 저었다.

1학년 교무실의 문을 열면서도, 수없이 많은 아침 중 하나일 뿐
박원에게는 별다른 것 없는 일상 그 자체였다. 문이 열림과 동시

에 자기에게 향하는 동료들의 시선도, 제법 심각한 표정으로 마주
서 있는 이선과 경복도 박원에게는 대수롭지 않아 보였다.

"박 선생님, 혹시 이 글 보셨나요?"

이선의 입술이 불안정하게 떨렸다. 그러면서도 앞니로 아랫입
술을 잘근 씹기도 했다. 동료 중 누군가의 책상 위 노트북 컴퓨터
모니터 화면을 가리키는 이선의 손도 입술만큼이나 불안하게 떨
리고 있었다. 박원이 다가가자, 경복이 미간을 좁히며 고개를 저
었다.

"동네 맘카페에 올라온 글이 학교 홈페이지 학부모 게시판에까
지 퍼졌어요. 두 분 정말… 그런 사이입니까?"

"그럴 리가 없다는 거, 교감 선생님이 더 잘 아시잖아요."

경복은 평소와 다를 바 없는 차분한 말투였지만, 그러기 위해
노력하고 있다는 걸 박원은 느낄 수 있었다. 모니터 안 띄워진 창
을 박원이 자세히 살폈다. 게시판의 가장 최근 글의 제목 옆에는
학교 홈페이지에서는 한 번도 본 적 없는 높은 조회수의 숫자가
쓰여 있었다.

"설사 사실이 아니더라도, 어쨌든 오해를 할 만한 행동이 있었
으니까 이런 소문도 나는 거 아니겠습니까?"

"오해를 할 만한 행동이라니요?"

무턱대고 찾아온 현실감 없는 상황이, 남의 것인 듯 실감이라고

는 나지 않는 모니터 속 글이 박원은 쉽사리 이해가 되지 않았다. 그래서 진심을 다해, 성실하게 되묻는 것 말고는 할 수 있는 말이 없었다.

"어른으로서, 교육자로서 아이들에게 모범이 되어야죠. 아이들에게 해가 될 만한 행동을 하면 안 되지 않습니까. 이게 뭡니까?"

큰 소리가 나게, 일부러 힘을 주어 이선이 노트북 컴퓨터의 화면을 세게 닫았다. 전원도 제대로 끄지 않은 채였다. 그 소리가 계절과는 상관없이 얼어붙은 교무실의 공기를 더욱 차갑게 만들고 있었다.

"학부모님들 사이에서 이미 공공연하게 사실처럼 받아들여지고 있는데, 어떻게 대처들 하실 겁니까?"

박원은 세상의 많은 감정들을 이해할 수 없는 사람으로 태어났지만, 때로는 그것이 다행이라고 생각하며 살아왔다. 하지만 이 순간만큼은 진심으로 그들을 이해하고 싶었다. 가슴으로 느낄 수 없다면, 박원이 잘하는 대로 몸으로 겪으며 공부라도 하고 싶었다. 그래서 그들이 틀렸다는 걸 제대로 알려주고 싶었다.

"오해한 사람들이 잘못인 거지, 김 선생님과 저 오해받을 만한 행동한 거 전혀 없어요."

"두 분 유난히 붙어 다니시는 거 저도 알고 있었습니다. 그리고 경복궁에서도 따라온 학부모님들이 다 봤다고요."

"그럼 동료로서 말 한마디 안 섞고, 모르는 사람처럼 지내야 한다는 말씀이세요?"

자신을 좀처럼 감정의 동요가 없는 사람이라고 생각했었다. 남들보다 더욱 혹독하게 사춘기를 보내면서, 감정에 질량보존의법칙이 있다면 이미 평생 느낄 모든 감정을 그 시기에 경험한 듯한 기분이었다. 그래서 무엇보다 성인이 된 이후로는 그 어떤 일상의 감정도 무리 없이 다스릴 수 있었다. 평생을 그렇게 살게 될 거라고 박원은 자신했었다.

그런데도 이상하게 박원은 옆에 서 있는 경복처럼 차분할 수가 없었다. 이선과의 대화가 이어질수록 박원의 목소리가 평소와 다르게 커지고 있었다. 자제하려 애쓸수록 소용없을 거라는 걸 박원은 깨닫고 말았다.

"이런 세상에서 살고 있는 한, 오해의 싹을 미리미리 차단하는 것도 우리의 일입니다. 조금 억울하더라도 말이죠."

입을 열자마자 잘못 되었음을 알게 되는 순간이 있다. 되돌리고 싶어도, 힘을 주어 허벅지를 꼬집어도 기어코 하게 되는 말.

"교감 선생님은 그렇게, 모든 일을 확실하게 하고 계시다는 말씀이신가요?"

상대의 말이 들리는 속도와 그 의미를 이해하는 속도의 아귀가 전혀 들어맞지 않는 얼굴을 아까는 박원이, 그리고 이제는 이선이 하고 있었다. 조용히 침묵을 지키던 동료들의 시선이 조심스레 동요하기 시작했다. 눈에는 보이지 않는 또 다른 오해의 파도가 일렁이고 있었다.

1학년 교무실 옆 상담실의 문을 닫는 이선의 손길이 거칠었다. 닫힌 문이 낸 마찰음이 박원의 귀를 멍하게 만들었다. 최소한의 이성을 붙드는 것이 이선에게 얼마나 힘든 일인지 박원은 아직 알지 못했다. 그저 닫힌 문을, 눈에 보이지 않는 진동을 박원은 가만 바라봤다.

"좀 전에 그 말 무슨 뜻입니까?"

의지와는 상관없이 자꾸만 벌어지려는 두 팔을 이선이 억지로 붙잡았다 놓치기를 반복했다. 힘을 줬던 손가락이 어긋나며 팔에 생채기를 내고 있었다. 제자리에서 쿵쿵 바닥을 찧는 두 발에도 부자연스러운 힘이 들어갔다. 신발 뒤축은 얼마나 오래된 건지 끝이 너덜너덜했다.

"젊은 남자분이랑 만나시는 거 여러 번 봤어요. 하지만 성인인 건 확실해 보였으니까, 그리고 교감 선생님 사생활이니까 제가 상관할 일이 아니라고 생각했어요."

평소와 다를 바 없는 목소리에 박원은 조금 더 힘을 주어 말했다. 비난이 아닌 의견으로 정확히 전달되기만을 바랐다. 이선이 아랫입술을 내밀어 바람을 위로 불었다. 헝클어진 앞머리가 힘없이 바람에 위로 올라갔다 내려왔다.

"그런데 굳이 그 얘기를 지금 왜 꺼내신 건가요?"

"아까 교감 선생님 말씀 듣다 보니까, 조금 억울해서요."

수문이 열린 댐처럼 한 번 넘치기 시작하자 걷잡을 수 없는 감정에 박원 자신도 어쩔 수가 없었다. 생각해 보니 그랬다. 박원은 언제나 억울했다. 자신의 선택이 아니었다. 그렇게 태어났을 뿐인데 평생 한 번도 입 밖으로 내보지 못한 비밀이 되었다.

"학교 동료들끼리 친하게 지내는 건 오해의 소지가 있으니 안 되지만, 교감 선생님이 아들뻘이나 될까 하는 한참이나 어린 남자랑 만나시는 건 괜찮은 건가요?"

후련하기라도 하다면 좋으련만. 오히려 예상치 못한 예리한 통증이 파고들었다 사라졌다. 발가락 끝에 쥐가 오는 느낌이었다. 시간이 꽤나 흘렀는데도 기대했던 대답 대신, 예상치 못한 정적이 흘렀다. 박원은 순간 시야가 아득해졌다.

무언가 말하려던 이선의 입이 그대로 다물어졌다. 그리고 눈에는 눈물이 가득 차올랐다. 평소에도 창백한 얼굴이 이제는 파리하기까지 했다. 잡고 있는 팔에는 힘을 주어 찍힌 손톱자국이 선명했다. 불긋하게 피가 가득 맺혀 있었다.

박원도 이내 차분해졌다. 진짜로 대답을 듣기 위해 던진 질문이 아니었다는 걸 점점 깨닫고 있었다. 이선의 대답은 전혀 궁금하지 않았다. 일부러 상처를 주기 위해 내뱉았던 말의 날카로운 칼날이 결국은 자신을 향해 되돌아오는 것이 느껴졌다.

순식간에 이선의 모든 움직임이 잦아들었다. 열린 마개를 통해 바람이 빠져나가는 여름날 수영장의 비닐 튜브 같은 모습이었다. 맞잡았던 두 팔에서 힘이 빠지며 툭, 옆구리를 쳤다. 잔뜩 위로 솟았던 어깨도 아래로 쳐졌다. 결국 흘러버린 눈물을 이선이 대충 손등으로 닦았다. 그러고는 그대로 뒤돌아 상담실 문을 열었다.

**

선뜻 앞서지 못하는 바움의 어깨에 미숙이 가만 손을 얹었다. 고개를 끄덕인 바움이 체육관의 문으로 들어섰다. 아직 5월인데도 이른 여름이 시작되려는지 쏟아지는 오후의 햇빛이 제법 따가웠다. 미숙의 그림자가 바움의 등 뒤로 연결되어 하나의 선을 만들었다.

먼저 와 있던 다솜이 닫힌 창문들을 열고 있었다. 상하의 모두 하복 체육복 차림이었다. 다솜의 움직임을 따라 반바지 아래 정강이 중간까지 올라오는 스포츠 양말의 브랜드 로고도 함께 경쾌하게 뛰어다니고 있었다.

"우혜는?"

오랜만인 바움에게 알은체 대신 다솜이 두 사람을 향해 물었다.

"몰라. 너도… 몰라?"

다솜이 양쪽 어깨를 으쓱해 보이고, 아직 닫힌 창문을 열기 위해 뛰어갔다. 미숙과 바움이 체육관 안 창고를 향해 가는 동안 체육관의 모든 창문이 활짝 열렸다. 맞바람이 드나들자, 실내의 공기가 한결 가벼워졌다.

"한 명이 다시 나오니까, 다른 한 명이 또 없네?"

대답 대신 다솜이 입술을 삐쭉 내밀었다.

"네 제일 친한 친구 아니야?"

오히려 다솜보다도 더 걱정된다는 듯한 표정이었다. 이번 주부터 하복 체육복을 입기 시작했는데, 이 날씨에도 여전히 동복 교복 재킷에, 안에 조끼까지 모두 차려입은 채였다. 그런데도 계절을 거스른 듯 보송해 보였다.

"응, 맞아."

"걱정 안 돼?"

"우혜는 나한테 다 얘기하니까, 얘기 안 한 거 보면 별일 아닐 거야."

바움이 제 몸통만 한 뜀틀 한 칸을 겨우 들고 창고에서 나왔다. 여러 개를 든 미숙이 뒤따랐다. 두 사람을 본 다솜도 얼른 창고를 향해 뛰어갔다.

"사실은…."

다솜이 창고 안으로 들어간 걸 확인한 미숙이 발 옆에 뜀틀을 내려놓고, 바움을 앞질러 마주 섰다.

"그때 경복궁에서 우혜 혼자 실수로 거기 들어간 거 아니야."

바움이 들고 있던 뜀틀을 받아 미숙이 이미 놓여 있던 아래 칸의 뜀틀 위로 순서대로 쌓았다.

"무슨 소리야?"

제 키보다 큰 파란색 매트를 다솜이 어깨에 짊어지고 다가오고 있었다. 매트 끝이 체육관의 나무 바닥에 닿아 끌리는 소리가 났다. 시선이 느껴지자, 씨익 다솜이 여느 때처럼 과장되게 크게 웃어 보였다.

"다솜아, 니가 우혜한테 전화 좀 해봐."

다솜이 내려놓는 매트를 받아서 드는 미숙의 표정이 자못 심각했다.

"우리 단톡방에서도 나갔네?"

휴대전화를 확인하던 바움도 미숙처럼 얼굴이 굳었다.

"그랬어?"

그제야 다솜이 주머니에서 얼른 휴대전화를 꺼냈다. 미숙이 매트를 정리하며 다솜을 힐긋거렸다. 하염없이 반복되는 신호음을 듣는 다솜의 표정도 좀 전의 두 사람을 닮아가고 있었다. 분명 무슨 일이 있겠지. 전화를 못 받는 상황이겠지. 아직도 다솜은 그렇게 생각하고 있었다. 바움이 미숙에게 눈짓을 하자, 미숙이 다솜에게 다가왔다.

"경복궁에서 다른 학교 애들이 우혜 데려갔었어. 자기들이 구해준 거라고는 했는데, 그러고 돌아서서 자기들끼리 눈 맞추면서 웃는 거 내가 봤거든. 아무래도 이상해서 기억에 남아 있어."

"다른 학교? 어디 교복이었어?"

다솜의 휴대전화에서는 여전히 같은 신호음이 계속되고 있었다. 수화기 너머로 희미하게 들리는 신호음이 조용해진 체육관의 공기 속으로 퍼져 나갔다. 구석에서 다솜을 바라보는 뿔테 안경 속 두 눈에도 걱정이 가득 담겨 있었다.

벤치 옆자리에 올려놓은 휴대전화는 계속 진동하고 있었다. 차마 차단은 할 수 없어 연락처만 삭제했지만, 번호만으로도 우혜는 당연히 다솜이라는 걸 알 수 있었다. 그동안은 늘 우혜가 먼저 걸던 전화였는데, 신호음이 멈추면 이번에는 정말 차단을 해야겠다고 우혜는 생각했다.

이 시간에 근린공원에 혼자 앉아 있으니, 정말이지 세상에서 혼자가 된 것 같은 기분이었다. 주변의 모든 사람이 행복해 보였다. 우혜를 제외한 세상은 이대로 자기가 사라져도 여전히 행복하기만 할 것 같았다.

사실 요즘 학교에서도 우혜는 내내 그랬다. 다솜과 마주쳐도 먼저 자리를 피했다. 교실에서도 일부러 먼 자리에 앉기 시작한 후부터, 굳이 찾아가지 않으면 온종일 다솜과 한마디도 하지 않게되었다. 그런 우혜가 보이지도 않는지 다솜은 여전히 그놈의 무술인지 운동인지에 심취한 모습이었다. 어쩌면 주변 누구라도 눈에 보이지 않는 것 같은 표정이었다.

그런데도 아직 우정 반지는 빼지 못한 채였다. 다른 사람들과는 비교할 수 없는 우정이라고 생각했었다. 고등학교 때 만나는 친구가 평생 친구가 될 거라던 엄마의 말이 사실일지도 모른다는 생각에 이제는 겁이 나기 시작했다. 하지만 이렇게 가다가는 어쩌면 고등학교에는 가지도 못하지 않을까, 라는 생각을 한 건 최근이었다. 이렇게 혼자가 되느니 자퇴나 홈스쿨링을 하는 게 나을지도 모르겠다는 생각도 들었다. 아니, 아직은 그냥 두어 번 해본 생각이지만, 참을 수 없이 괴로워지는 날에는 14층인 집의 뒤 베란다에서 뛰어내리는 것도 괜찮을 것 같았다. 그래서 더욱 무서웠다.

"뭐야, 변우혜. 단톡방에서 왜 나갔어? 감히?"

어깨에 느껴지는 갑작스러운 압력에 우혜가 고개를 들었다. 예진과 친구들이 벤치에 앉아 있는 우혜의 곁을 빙 둘러막고 섰다. 하나같이 입으로는 웃고 있었다. 하지만 노려보는 눈빛들이, 낮게

깐 목소리가 순식간에 우혜를 얼어붙게 했다.

"누구 맘대로 단톡방을 나가? 응?"

다른 한 명이 우혜의 다른 쪽 어깨를 쿡쿡 찌르자 비웃는 소리가 한군데로 뭉쳤다.

"고작 여기 있으면 누가 못 찾을 줄 알았냐?"

더 이상은 일방적인 약속 통보를, 일방적인 괴롭힘을 우혜는 견딜 수가 없었다. 그렇다고 뭘 어떻게 해야 할지도 알 수 없었다. 못 찾을 거라 생각하지는 않았다. 단지 갈 곳이 없었다. 엄마는 학교에 있는 줄 알 텐데. 그래서 집으로도 바로 가지 못한 거였다.

"너 어다솜한테 버림받았잖아. 기분이 어때? 이제 내가 너한테 배신당했을 때, 그 기분을 좀 알겠냐?"

예진이 오른손으로 우혜의 머리를 올려붙였다. 소리는 크지 않았는데 돌아간 고개에 머리카락이 따라붙으며 헝클어졌다. 이제는 한쪽 입꼬리만 올린 채 예진이 웃고 있었다. 옆에서 다른 아이들이 박수까지 치며 웃고 있었다.

휴대전화를 집어 들고 우혜가 자리에서 일어서자, 두어 명이 다시 어깨를 눌러 앉혔다.

"보내줘…."

우혜는 떨고 있었다. 목소리도 겨우 들릴까 말까 했다.

"제대로 사과할 때까지 너 아무 데도 못 가. 설마 내가 진짜로 너랑 다시 친구 하고 싶은 거라고 생각한 건 아닐 거 아니야? 안 그래?"

같은 아파트에 살았던 우혜와 예진은 기억나지 않는 어린 시절부터 가장 가까운 친구였다. 부모님들끼리도 아는 사이였는데, 지금도 연락하는지는 알 수 없었다. 다솜과 친해지면서 어떻게 예진과 멀어지게 됐는지 우혜는 잘 기억나지 않았다. 그러니 그때 예진이 어떤 기분이었을지 이제 와서 짐작하는 건 불가능했다. 예진의 말처럼 배신이라고는 한 번도 생각해 보지 못했다. 우혜는 겨우 예진의 얼굴을 올려다봤다. 분명, 예전에 알던 그 얼굴이 아니었다.

체육관을 나서면서도 다솜은 계속 전화를 붙들고 있었다. 미숙의 이야기를 듣고 당연히 한 사람이 떠올랐다. 언젠가 자신을 찾아와 울먹이던 예진의 얼굴을 다솜은 기억하고 있었다. 몇 번인가 모르는 번호로 온 원망이 가득 담긴 메시지도 예진 말고는 그럴 사람이 없었다.

"우혜가 갈 만한 데 없어?"

미숙과 바움이 다솜의 양옆으로 따라왔다.

"집에도 없다니까, 잘 모르겠어."

"내가 학교 주변 골목골목 다녀볼게."

미숙이 운동화 끈을 고쳐 묶었다. 무릎을 많이 꺾지 않고도 허리의 힘으로만 곧은 상체를 유지한 채였다.

"그럼 나는 우혜네 집 근처 가볼게."

우혜만큼이나 다솜에게도 익숙한 곳이었다. 미숙이나 바움은 알지 못하는, 다솜만이 아는 길이 있었다.

"나는 근린공원 쪽으로 가볼까?"

"우혜 거기 잘 안 가긴 하는데."

근린공원은 아닐 것 같았다. 오히려 함께 자주 가던 쇼핑몰이 우혜에게 더 잘 어울렸다. 하지만 바움이 혼자 가기에는 좀 먼 거리라고 다솜은 생각했다. 그래서 겨우 고개를 끄덕여 보였다.

다솜과 바움을 앞질러 교문을 빠져나온 미숙이 긴 다리를 휘적거리며 학교 근처를 시작으로 모든 골목을 빠짐없이 살피기 시작했다. 익숙한 편의점도 모두 확인했다. 혹시나 문을 열고 안을 둘러보기도 했다. 속도를 내자 바람을 가르는 제 소리를 느낄 수 있었다. 점점 숨이 차올랐지만, 미숙은 그다지 힘이 들지 않았다. 근처를 지나는 사람들이 더러 비켜 가기도, 물끄러미 바라보기도 했지만, 이상하게도 전혀 신경이 쓰이지 않았다. 지금은 우혜를 찾는 것에만 집중하고 싶었다. 긴 두 다리가, 남들보다 날랜 몸이 이렇게 다행이라고 느껴지는 건 정말이지 처음이었다.

"두 사람이 좋아했던 장소에 가봐. 거기에서 널 기다리고 있을 거야."

다솜이 체육관을 나서기 전 문까지 따라왔던 목소리를 떠올렸다. 당연히 알 리가 없는데도 그 애의 목소리는 확신에 가득 차 있었다. 자기가 뭘 안다고. 그럼에도 다솜은 무시할 수가 없었다. 내내 머릿속을 떠나지 않았다. 그런데 거기가 어디냐고. 답답한 마음에 다솜이 미간을 좁혔다.

우혜의 아파트 단지까지 쉬지 않고 뛰어온 다솜이 놀이터부터 둘러보기 시작했다. 함께 탔던 그네, 시소 그리고 엄마들과 함께 앉아 간식을 먹던 벤치까지. 오랜만이라는 것도 그제야 떠올랐다. 다솜은 목이 탔다. 흐르는 땀 때문만은 아닌 것 같았다. 한눈에 익숙한 아파트 14층 우혜의 집을 찾아냈다. 여기서 보이는 곳이라면, 저기는 함께 아래를 바라보곤 했던 뒤 베란다일 것이다. 하늘은 구름 한 점 없이 푸른색이었다.

함께 따라나서기는 했지만, 바움은 어디로 가야 할지 알 수 없었다. 우혜가 근린공원에는 잘 가지 않는다는 다솜의 말은 아마도 맞을 것이다. 다솜만큼 우혜를 잘 아는 사람은 없을 테니까. 그렇더라도 바움은 멈출 수가 없었다. 지금 당장 할 수 있는 걸 해보자는 생각뿐이었다. 미숙만큼 빨리 달릴 수도, 다솜처럼 우혜의 집이 어딘지 알지도 못하지만 이렇게 천천히 걷는 것만으로도 괜찮을 것 같았다.

이미 미숙과 다솜이 지난 지 오래일, 동네에서 가장 큰 사거리 횡단보도 앞에 바움이 멈춰 섰다. 다른 횡단보도보다 신호가 조금 더 길지만, 그만큼 횡단보도도 길어 바움은 늘 이곳을 피해 다녔다. 얼른 건너기를 재촉하는 신호음도, 점점 줄어드는 숫자도, 그러다 진짜 얼른 바뀌어버리는 빨간색도 바움에게는 두려울 뿐이었다. 하지만 지금은 꼭 이 길을 건너야만 할 것 같았다. 오른발에 힘을 너무 많이 줬는지 중간에 발끝이 저려 잠시 멈춰야 했다.

횡단보도가 끝나는 인도의 높은 턱을 넘어서자, 신호는 기다렸다는 듯 바로 빨간색으로 바뀌었다. 바움은 옆의 전봇대를 손으로 짚었다. 참았던 숨이 절로 탁 터졌다. 고개를 돌리자 익숙한 건물이 눈에 들어왔다. 1층의 마트는 리베가 좋아하는 곳이었다. 어렸을 때는 둘이 함께 간식을 사러 자주 가곤 했었다. 언젠가 가족들과 볼링을 쳤던 곳은 2층이었다. 지하에는 멀어지기 전, 아니 바움이 리베와 키가 비슷하던 시절, 두 사람이 모두 좋아하던 대형 문구점이 있었다.

바움의 낮은 시선에 까만 머리통이 들어왔다. 문구점으로 내려가는 계단 옆에 몸을 접고 앉아 있는 등이 울고 있는 듯 반복적으로 크게 들썩였다. 무릎 사이에 고개를 넣은 건지, 흘러내린 머리카락이 힘없이 찰랑였다. 얼굴이 보이진 않았지만, 우혜가 확실했다. 힘들었지만 긴 횡단보도를 건너온 게 바움은 뿌듯했다. 휴대전화를 들어 다솜에게 전화를 걸었다. 신호음을 들으며 바움은 우혜를 향해 다가갔다.

"우리 만점 못 받겠다, 그치?"

학교 정문을 통과해 들어서며 바움이 멋쩍은 듯 웃었다.

"오늘이 아니었어도, 니가 연습 빠지기 시작하면서부터 우리 이미 안 됐을걸?"

미숙이 입술을 장난스럽게 삐쭉 내밀며 고개를 저었다. 자기도 모르게 빨라지는 걸음을 반 박자쯤 느리게 속도를 조절하고 있었다. 바움의 걸음에 맞추는 일이 이제는 미숙에게 별로 어렵지 않았다. 오히려 재미있기까지 했다.

방금 전, 쪼그려 앉은 어깨에 바움이 손을 올리자 우혜가 천천히 고개를 들었다. 이미 많이 울어 진이 빠졌는데도, 바움의 얼굴을 보자 우혜는 다시 한번 서러움에 울기 시작했다. 바움은 울고 있는 누군가를 달래본 적이 없었다. 심지어 자기 자신조차도. 다행히 연락을 받은 미숙과 다솜이 곧바로 도착했다.

"오늘 정리는 니가 해. 너 계속 빠졌으니까 그 정도는 해야지."

미숙의 목소리에도 어느새 장난기가 묻어 있었다.

"뜀틀은 어떻게든 들겠지만, 매트를 나 혼자 어떻게 드냐."

바움이 볼멘소리를 하며 미숙을 올려다봤다.

"그럼 도와주세요, 해봐."

어색한 잠깐의 정적이 지나고, 마주 본 두 사람의 얼굴에는 잔잔한 미소가 번졌다.

"그런데 왜 더 먼저 얘기 안 했어? 우혜가 걔들한테 당하고 있는 거."

두 사람을 발견한 무리가 손을 흔들었다. 이제는 익숙한 같은 반의 아이들이 운동장에서 공을 차고 있었다. 바움도 살짝 손을 들어 인사를 했다.

"음… 우혜가 원하지 않을 수도 있으니까."

체육관이 가까워 오자, 건물 안팎을 분주히 오가는 검은 코트가 보였다. 손목의 시계를 연신 확인하는 창백한 얼굴에는 초조함이 가득했다.

"나는 도와준다고 한 일도 당사자한테는 아닐 수도 있잖아. 너는 그런 적 없어?"

두 번째 날이었나. 연습 전 다 함께 뜀틀을 쌓으며 준비하던 때 바움의 손을 거두던 미숙도 그랬다고 바움은 말할 수 없었다. 크게 도움이 못 되더라도, 어렵사리 낸 용기가 거부당했을 때 힘없이 꺾여버린 마음에 대해 언젠가는 미숙에게 말할 수 있을까.

"어렸을 때 김지영 쌤인가, 박지영 쌤이 너 도와주셨을 때 어땠어? 지금도 제일 좋은 쌤으로 기억하는 거 보면, 너도 도움받아서 좋았던 거 아니야?"

미숙에게 하는 질문이었지만, 무엇보다 자신에게 하는 말이기도 했다. 언젠가는 묻어두었던 서운함을 이야기하며 기분을 풀고, 진정으로 도움이 필요한 순간에는 미숙을 떠올릴 수 있다면 좋겠다는 생각도 들었다.

"그런가…."

길고 짧은 나란한 그림자를 발견하자마자, 이선은 그제야 초조한 기색을 지우고 안도의 한숨을 쉬었다. 아직도 벗지 않은 검은색의 겨울 코트가 펄럭이며 함께 따라왔다.

문구점의 유리문 위에는 작은 종이 달려 있어서 열리고 닫힐 때마다 쨍그랑, 딱 크기만큼의 소리가 났다. 익숙하게 냉장고를 찾아가 음료를 꺼내며 다솜은 마지막으로 여기에 왔던 게 언제였는지 생각해 봤지만, 떠오르지 않았다.

"창고 옆에 의자에 잠깐 앉아 있어도 되죠?"

다솜이 테이블에 내려놓는 동전 소리에, 졸고 있던 주인아저씨가 반쯤 눈을 떴다.

"오랜만이네."

동전을 손바닥으로 쓰윽 모아 담으며 고개를 끄덕인 주인이 다시 눈을 감았다. 벌써부터 벽에 달린 선풍기가 돌아가고 있었다. 예전에는 훨씬 더 컸던 것 같은데, 기억보다 훨씬 더 작게 느껴지는 공간을 다솜은 한눈에 둘러봤다.

다시 쨍그랑. 밖으로 나오는 다솜을 확인한 우혜가 자세를 고쳐 앉으며, 들고 있던 휴지로 눈가를 찍어냈다. 다솜이 건넨 음료의 뚜껑을 열고, 한 모금 마시며 새삼스러운 차가움에 우혜는 어깨를 한 번 크게 들썩였다.

초등학교 아마도 저학년일 여자아이들 셋이 손을 잡고 나란히 내려와 유리문을 열고 안으로 들어가는 모습을 다솜은 끝까지 바라봤다.

"왜 아무것도 안 물어봐?"

정적을 깬 건 우혜였다. 다솜은 그저 의자 아래 두 다리를 교차해 멍하니 흔들고 있었다.

"기다리고 있는 중이야. 할 말 있으면 니가 할 테니까. 너는 나한테 다 얘기하니까."

순식간에 바닥을 보인 음료를 우혜가 의자 위에 올려놓았다.

"아니, 그동안 계속 못 했어. 그러니까 다 할 거야. 오늘은, 하고 싶은 말, 다."

다솜이 그저 한 번 고개를 끄덕였다. 평소의 장난기라고는 찾아

볼 수 없는 얼굴이었다.

"나, 지금 너 너무 미워. 아니, 중학교 입학하고부터 계속 그랬던 것 같아."

여전히 목걸이에 펜던트처럼 걸려 있는 다솜의 반지를 우혜가 바라봤다. 함께 반지를 찾으러 가던 날의 막막하던 기분이 떠올랐다. 고작 두 달 전인데도, 한참 먼 과거처럼 멀게만 느껴졌다. 우혜는 비어 있는 제 양손을 들어 다솜에게 보여줬다.

"반지 버렸어?"

내내 표정에 큰 변화가 없던 다솜의 눈이 순식간에 커졌다. 다솜에게서 시선을 거두고는 우혜가 고개를 크게 저었다.

"예진이랑 애들이 계속 놀리잖아. 진짜 버리고 싶었는데… 그럴 수가 없더라고."

다솜이 목걸이를 풀어 반지를 빼내어 원래 있던 자기의 손가락에 끼웠다. 그동안 살이 빠진 건지, 조금 헐겁게 쑥 들어갔다.

"너도… 이제 내가 싫은 거지?"

겨우 진정됐던 우혜의 목소리가 다시 눅눅해지기 시작했다. 제자리를 찾은 반지 낀 손을 제 얼굴 앞으로 들어 올려 다솜이 손가락을 차례대로 움직여 보였다.

"그럴 리가 있냐."

손을 허벅지 위로 내린 다솜이, 멈췄던 두 다리를 다시 흔들기 시작했다. 반동을 받은 상체와 머리가 박자를 맞춰 앞뒤로 리듬을 만들었다.

"초3 때 너 처음 만났을 때부터 지금까지 똑같애. 너는 내가 제일 좋아하는 친구야."

"그럼 왜 그런 건데. 내 전화도 안 받고, 약속도 잊어버리고, 반지도 빼서 목에 걸고."

굽었던 어깨에 힘을 주어 펴고, 다솜은 흔들던 두 발을 의자 위로 교차해서 올렸다. 오른팔을 접힌 무릎 위에 올리고 손에 턱을 괴었다. 왼손은 무릎 위에 놓은 팔꿈치를 감싸안았다.

"어렸을 때는 너랑 노는 게 제일 재미있었고, 그게 전부였거든. 근데 이제 우리도 컸으니까, 그러니까 좋아하는 다른 게 생긴 것뿐이야. 다른 걸 좋아하게 됐다고 해서 니가 싫어지거나 미워지는 게 아니라, 새로 좋아하게 된 걸 좋아하느라 시간이 부족했던 것 같아."

다솜도 다 비운 음료 캔을 우혜가 마신 캔 옆에 가만히 놓았다.

"그럼 그렇다고 말해줬으면 좋았잖아."

한참을 손에 들고 있느라 온통 구겨져 버린 휴지를 우혜가 괜히 힘을 주어 평평하게 폈다.

"나도 몰랐어. 지금 너랑 얘기하다 보니까 든 생각이야. 미안해."

미웠는데. 분명히 계속 미워했는데. 너무 미워서 가슴이 갈라진 것만 같았는데. 다솜의 "미안해."에 우혜는 그동안 미워했던 마음이 그야말로 눈이 녹듯 사라져 버리는 것 같았다. 이제는 정말 끝이라고 생각했는데. 오랜만에 함께, 나란히 앉아 있는 이 시간이 우혜는 벅차고 행복했다.

"예진이는 뭐래?"

"이럴 거면 차라리 어디가 부러질 때까지 때리라고 막 소리 질렀거든. 아까는 어떻게 그랬는지 모르겠어. 니가 없으면 살아서 뭐하나 그런 생각까지 들었으니까. 걔들한테 맞고 쓰러지는 것도 괜찮겠다 싶어서 막 달려들었더니, 미친 것 같다면서 도망가더라고."

"그게 무슨 소리야."

다솜이 두 손을 들어 우혜의 얼굴을 잡고 여기저기를 살폈다.

"진짜 어딘 다친 거 아니지?"

우혜가 다솜의 손을 잡아 내리고는 고개를 저었다.

"재미없어졌대. 그래서 이제는 너도 없이 내가 혼자 다니는 거 지켜보면서 즐거워할 거래."

다솜이 한쪽 입꼬리를 올리고 슬쩍 웃었다. 그러고는 오른쪽 새끼손가락으로 옆에 있던 우혜의 새끼손가락을 걸어 잡았다. 학교 끝나고 집에 가는 길에 매일 이 문구점에 들르던 그 시절처럼. 손끝이 닿으면 절로 웃음이 터지던 그때처럼. 우혜가 다솜의 손에 잡힌 자기 손가락을 가만히 내려다봤다.

유리문이 열리며 시끌벅적하게 떠드는 소리가 들려왔다. 좀 전에 들어간 세 학생이 웃는 얼굴로 밖으로 나왔다. 손에는 저마다 여러 개의 필기구나 노트를 가득 든 채였다. 서로의 물건들을 살피며 계단을 오르는 발소리가 경쾌했다.

"도움이 필요한 친구들이 있으면 도와주고 싶다고 했는데, 정작 니가 힘들 때는 전혀 모르고 있었다니. 나, 어쩜 히어로로서 자질이 없나 봐."

"에휴, 또 시작이네."

우혜가 자리에서 일어나며 빈 캔들을 집어 들었다.

"그런데, 걔는 어떻게 알았던 거지?"

그제야 떠오른 생각에, 다솜이 순식간에 다리를 펴며 의자에서 튀어 오르듯 일어났다. 두 팔에는 오스스 소름이 돋아난 채였다.

"걔가 그랬거든. 우리가 좋아했던 장소에서 니가 기다리고 있다고. 우리 연습할 때 매일 깍두기 오는 애 있잖아."

다솜이 우혜의 어깨를 잡고 살짝 흔들었다. 흥분으로 커진 두 눈이 우혜를 뚫어져라 바라보고 있었다.

"누구? 너 항상 혼잣말하고 있었잖아?"

퉁퉁 부어오른 눈을 치켜뜨기 힘들어, 우혜가 여러 번 눈을 깜빡였다.

9

그럼에도 지금까지 바움에게 불가능한 일은 거의 없었다. 남들보다 작은 키로, 짧은 팔다리로, 조금은 휘어진 발로 걸으며 조금은 큰 세상을 살아왔다. 초등학교 저학년 때까지는 바움과 키가 비슷한 아이들도 더러 있었다. 남들처럼 빠르지는 못하더라도, 힘이 세지는 못해도 그게 무엇이든 끝까지 할 수 있었다.

심지어 더 잘하는 것도 많았다. 바움은 어떤 과목이든 공부가 어렵지 않았다. 엄마 덕분에 어렸을 때부터 시작한 영어는 이제 원어민 강사와 무리 없이 대화할 수 있는 수준이었고, 반 아이들이 싫어하는 수학도 별로 어렵지 않았다.

그렇지만 남들처럼 친구를 갖는 건 쉽지 않은 일이었다. 자주 병원에 다니느라 결석했던 다음 날, 놓친 수업에 대해 질문했을 때 아무도 대답해 주지 않았고, 바움도 다시는 묻지 않았다. 그래도 나쁘지는 않았다. 남들과 다르다는 걸 알게 되면서 바움도 남들과 꼭 모든 것을 똑같이 할 필요는 없다고 생각해 버렸다.

그럼에도 하굣길에 다가온 이름조차 모르는 다른 학교의 아이들에게서 들었던 단어의 어원을 검색해 봤던 날은 지금도 잊을 수가 없었다. '난장으로 온갖 광대 짓을 하며 사람들의 시선을 끄는 일을 하던 왜소한 사람'. 바움은 난장이나 소동이라고는 부려본 적이 없는, 남들의 시선도 원해본 적 없는, 오히려 누구에게도 눈에 띄고 싶지 않은 사람이었다. '난쟁이'라는 단어의 어원은 바움과는 하나도 들어맞지 않았다.

그래서일까, 요즘의 감정들이 바움은 낯설었다. 우혜가 다시 단톡방에 들어오고 나서부터 하루에도 여러 번 시끌벅적 네 사람의 대화가 이어졌다. 특별한 주제나 용건이 있는 것도 아니었다. 다음 뜀틀 연습에 빠지는 사람이 없는지 확인하거나, 저녁에는 뭘 먹을지 메뉴를 추천해 달라거나, 혹은 아파트 단지 입구에서 만난 길고양이의 사진을 보내고 함께 보거나.

방금 울린 알림도 단톡방이었다. 계단에 집중하느라 확인은 나중에 하기로 했다. 동네에서 가장 큰 화방인데도 바움은 처음이었다. 혼자, 자신만의 의지로 무언가를 사러 나온 게 언제 마지막이었는지도 사실 잘 기억이 나지 않았다. 바움이 원하기도 전에 아빠는 외국 비행을 다녀올 때마다, 엄마는 미리 확인하여 모든 것을 준비해 줬다. 언젠가부터 아빠에게 고맙다는 말조차도 하지 않게 되었다. 당연한 거라, 어쩌면 고마워야 할 필요도 없다고 생각했었다.

화방에는 익숙한 물감과 크레파스, 파스텔 외에도 지금까지 본적 없는 미술에 관련된 모든 것들이 있는 것 같았다. 더러 용도를 전혀 짐작할 수도 없는, 엄청나게 큰 크기의 재료들도 있었다. 이제야 미술 선생님이 왜 트럭을 타고 다니시는지 이해가 됐다. 진열대 사이를 돌아다니며 바움은 새로운 세계를 탐험하듯 호기심과 낯선 냄새를 느끼며 빨라지는 심장 소리를 느낄 수 있었다. 해야 하니까, 하다 보니까 잘하게 됐던 일들이 아니라 정말 무언가가 하고 싶은 건 처음인 것 같았다.

단톡방에서는 역시나 다솜이 저녁 메뉴를 물어보고 있었다. 근육을 키우기 위해 양질의 단백질을 섭취하라고 조언도 잊지 않았다. 대답 대신, 바움은 미숙의 프로필 사진을 터치했다. 얼마 전까지만 해도 비어 있던 곳에 미숙의 사진이 올라와 있었다. 전신거울에 대고 찍은 셀카였다. 길게 뻗은 목은 미숙의 곧은 몸만큼이나 선이 반듯했다.

그리고 지영이라는 이름은 사라지고 아무것도 쓰여 있지 않았다. 바움은 미숙의 사진을 확대했다. 한두 번의 확대로는 끝에서 끝까지 다다르지 않을 만큼 길쭉한 미숙의 목을, 팔을, 다리를 천천히 살펴봤다.

유화 물감 코너에서 무채색 계열은 아래 칸으로 쭉 배치되어 있었다. 다행이었다. 시선도, 손도 닿지 않는 위 칸이었다면 직원에게 물을 용기가 없었을지도 몰랐다. 바움은 확대한 미숙의 사진을 무채색의 어두운색들 옆에 하나하나 가져가 대보았다. 미술 선생님 말씀처럼 그 어떤 것도 완벽하게 미숙의 피부색과 일치하는 건 없는 것 같았다.

이렇게나 불쑥, 그것도 학교 앞으로 찾아올 줄 미숙은 상상조차 할 수 없었다. 미노에게 학교에 대해서도, 동네에 대해서도 알려 준 적이 없었다. "인터넷에서 그 정도 찾는 건 어렵지 않지." 웃는 미노의 얼굴이 조금은 섬뜩하게 느껴졌다. 언제나처럼 혼자 정문을 지나던 참이었다. 눈이 마주쳤을 때는 왠지 소름이 돋았다.

바움이나 다른 누구라도 근처에 있었다면 좋았을 텐데, 아직 자연스럽게 함께 하교까지 할 정도의 사이는 아니었다. 아직, 이라고 하기에 언젠가 가능할지도 장담할 수 없지만.

평소에는 그렇게나 앞다투어 미숙을 쳐다보던 사람들도 오늘은 그다지 관심을 두는 것 같지 않았다.

"배고프지? 뭐 먹을래?"

너무나 자연스럽고 친근한 말투와 그에 못지않게 허물없이 어깨를 두르는 팔에 하마터면 미숙도 착각할 뻔했다. 어쩌면 미노와 약속이라도 해놓고 잊은 건 아닌지, 이렇게 아무렇게나 찾아와도 된다고 말했던 건 또 아닌지.

"그런데 이태원에서 여기까지 왔어요?"

"응, 너 매일 집에 혼자 간다고 SNS에 쓴 적 있잖아. 같이 밥이나 먹을까 하고."

간신히 미숙은 미노의 팔에서 몸을 빼냈다. 미숙이 한발 앞서 걷기 시작하니 바짝 뒤를 따라오면서도 다행히 미노는 다시 팔을 두르지는 않았다.

"왜요?"

고개도 돌리지 않은 채, 걷는 속도도 줄이지 않은 채 미숙은 옆의 편의점 유리문으로 미노를 곁눈질했다. 왜인지 미노를 향해 있는 등에 한기가 퍼졌다.

"이미 여러 번 말했잖아. 너를 꼭 모델로 쓰고 싶다고. 우리 같은 예술가들은 감이라는 게 있거든. 한눈에 니가 다른 모델들하고는 틀린 게 느껴지더라고."

틀린 게 아니라 다른 거겠지. 오늘 국어 시간에도 주의를 들었던 말인데. 하지만 미숙은 굳이 지적하지는 않았다. 맞춤법을 제대로 모르는 것일 수도 있지만, 어쩌면 이 사람의 머릿속에서 나는 다른 게 아니라 틀린 사람일 수도 있을 테니까.

"뭐가요? 제가 외국인… 흑인 혼혈이라서요?"

"아유, 그럴 리가."

미노는 이상할 정도로 필요 이상 크게 손사래를 치며 미간을 좁혔다.

"나, 인종차별하는 뭐 그런 사람 아니야. 내가 나쁜 사람이면 너한테 이렇게까지 정성을 들이겠냐, 벌써 포기하고 말았지."

나쁜 사람과 모델 계약을 위해 정성을 쏟는 것 사이에 어떤 인과관계가 있는 것인지 미숙은 이해가 되지 않았다. 차라리 아직은 흑인 혼혈과는 브랜드 이미지가 맞지 않는다며 미숙을 거절했던 지난 오디션에서 만났던 사람들이 조금이나마 더 이해될 것 같았다.

"그럼 오늘 엄마한테 물어볼게요."

진짜 그럴 생각은 없었지만, 이렇게라도 말해야 할 것 같았다. 이 순간, 왜 엄마라는 단어가 튀어나왔는지 미숙은 어리둥절했다. 그날 이후로 어떤 대화도, 심지어 여전히 얼굴도 본 적 없는 엄마였다. 정말 물어본다 해도 엄마는 그저 알아서 하라고 하겠지만.

"엄마는 몇 시에 오셔? 집에서 같이 기다릴까?"

가능한 한 천천히 온다고 온 건데도, 어느새 집에서 가장 가까운 사거리였다. 아무래도 정말 집까지 따라올 작정인 것 같았다.

더 이상 속도를 늦추는 건 불가능했다. 여기에서 방향을 꺾어 반대로 갈까. 그렇다면 어디까지 가야 할까.

"공미숙?"

되는대로 집 쪽으로 방향을 틀지 않고 직진해서 길을 건넜을 때, 불쑥 바움이 나타났다. 양손에는 커다란 화방의 비닐봉지를 든 채였다. 미숙이 고개를 돌려 화방의 간판을 바라왔다. 여기까지 온 줄도 그제야 알았다. 미숙이 얼른 바움이 들고 있는 비닐봉지 하나를 받아서 손으로 가져왔다.

"뭘 많이 샀네?"

몸도 재빨리 바움의 옆으로 붙이며 섰다.

"미숙이가 누구야?"

미노가 미숙과 바움을 위아래로, 그리고 좌우로 번갈아 봤다.

"맞아, 우리 여기에서 만나기로 했었지, 바움아?"

어딘지 어색한 미숙의 말투와 억양을 바움은 단번에 알아챌 수 있었다.

"응, 왜 전화 안 받았어?"

자신의 목소리도 역시나 그렇다는 것을 바움은 느낄 수 있었다.

"아, 약속이 있었어? 왜 말을 안 했어. 그럼 오늘은 이만 갈게."

직전까지의 호기로움은 찾아볼 수 없었다. 미노는 대충 손을 들어 인사하고는 뒤돌아섰다. 왔던 길을 되돌아가면서도 미노는 여전히 고개를 뒤로 돌려 미숙과 바움을 여러 차례 쳐다봤다. 사람들 속으로 미노가 사라진 걸 확인한 후에야 바움이 미숙의 손에 들려 있던 비닐봉지를 다시 가져왔다.

"누구야?"

**

그날 이후로 박원은 매일 맘카페와 학교 홈페이지의 학부모 게시판을 확인했다. 처음 며칠만 해도 걷잡을 수 없을 것만 같던 오해와 불어나던 관심이 어느 순간 어이없을 정도로 순식간에 사그라지기 시작했다. 며칠이 더 지나자 반박하는 의견과 질문들이 덧대어지더니, 작성자의 미덥지 않은 대답에 그마저도 멈춘 게 지난 주였다.

결국 글이 사라진 걸 확인했는데도, 다행이라는 생각을 하면서도 여전히 풀리지 않은 의문과 억울함이 아직은 사라지지 않은 채였다. 그들이야 떠들다 잊으면 그만이겠지만, 당사자는 그렇지 않다. 다른 사람들에게서 받는 오해와 상처에 이제는 면역이 생겼다고 생각했는데. 어린 시절부터 조금도 나아지지 않았다는 걸 확인하는 일은 어쩌면 그때보다 더 서글펐다. 언제나 상처받아야 하고, 그러면서 한마디도 할 수 없는 자신의 처지는 하나도 달라지지 않았다고 박원은 생각했다.

그날 이후로 경복과도 겨우 인사만 하는 정도였다. 경복도 딱히 말을 걸어오지 않았고, 그래서 다행이라고 박원은 생각했다. 처음으로 마음 편히 웃으며 대화할 수 있는 동료였다. 주기적으로 연락하고 지내는 친구도 없는 박원에게는 처음으로 겪어보는 세상이었다. 다른 사람의 미소를 스스럼없이 바라보게 된 자신이 박원은 신기했었다. 한 번도 외롭다는 걸 느껴본 적이 없었는데, 어쩌면 그동안 자신은 한결같이 외롭기만 했던 건 아니었을까 싶기도 했다.

그러고 싶지 않았지만, 경복에게 미안했다. 그럴 이유가 없다는 걸 알면서도 박원은 내내 그랬다. 하지만 그것보다는 다시는 경복과 예전처럼 사소한 대화조차 하지 못한다는 게 서글펐다. 이제는 억울함은 그나마 다스릴 수 있는 정도였다. 분명 박원은 경복과의 지난 계절이 그리운 것 같았다.

1학년 교무실로 들어서는 경복을 알아차렸지만, 박원은 고개를 들지 않았다. 검색하던 인터넷 사이트를 닫고, 보던 서류를 소리 나게 정리했다.

"김 선생님, 진짜예요?"

그럼에도 어쩔 수 없이 온몸의 신경은 동료들의 대화에 쏠릴 수밖에 없었다. 허허, 경복의 웃는 소리가 평소보다 큰 것도 같았다. 본능적으로 어깨가 굳었지만, 또다시 나쁜 일은 아닌 게 확실했다.

"뭐, 그렇게 됐어요."

박원이 기억하고 있는 평소처럼 다정한 말투였다. 경복은 누구에게나 그렇게 다정한 사람이었다.

"축하드려요!"

여기저기서 박수까지 나왔다. 그제야 박원이 고개를 들었다. 예상치 못했는지 경복은 동료들의 관심과 축하에 얼굴을 붉히고 있었다.

"그럼, 이번 학기가 진짜 마지막이에요?"

"네, 이제 한 달 조금 더 남았네요."

축하와 마지막의 상관관계가 박원의 머릿속에서 전혀 이어지지 않고 있었다. 아니, 그보다 이미 축하와 박수라는 단어는 서서히 지워지고 있었다. '마지막'이란 단어만이 박원의 가슴에 쿵 떨어져 내렸다. 동료들의 웃는 소리가 천천히 소거되고 있었다. 정규 방송이 끝난 TV 화면처럼 의미를 알 수 없는 여러 개로 나뉜 공간의 조각들과 몸을 얼어붙게 만드는 삐 소리만이 박원의 주변을 단단히 감싸고 있었다.

"네? 마지막이요?"

자신에게 옮겨온 시선을 느끼고 나서야, 박원은 자리를 박차고 일어나 있다는 걸 깨달았다. 얼굴을 구겨지게 만들었던 삐 소리도 서서히 잦아들고 있었다. 박수를 치던 동료들의 손이 그대로 얼어붙었다. 뒤로 밀린 박원의 의자가 뒷벽에 부딪혔다. 경복이 다가와 고꾸라지려던 의자를 붙잡았다. 이제는 의자의 바퀴가 끼익, 소리를 내고 있었다.

막 여름이 시작된 교정은 온통 초록이었다. 정문에서 본관 건물까지 이어지는 길 양옆으로 깊게 뿌리 내린 키가 큰 나무들이 의연하게 자리하고 있었다. 충분히 풍성하게 무성해진 녹색의 잎들이 경쟁하듯, 그러면서도 평연하게 어우러져 크고 넓은 그늘을 만들어냈다.

하지만 박원의 눈에 계절의 변화는 전혀 들어오지 않았다. 정신을 차리고 보니 벌써 몇 바퀴째 운동장의 하얀색 트랙을 따라 달리고 있었다. 교무실에서 벗어나야겠다는 생각뿐이었다. 어디로 가야 할지도 몰랐지만, 아직 근무 시간이니 어디로도 갈 수 없었다. 본능처럼 박원은 익숙한 곳을 찾았다. 습관처럼 보이는 바닥을 향해 박원은 발을 굴렀다.

가빠지는 숨이 오히려 다행이었다. 고요해진 심장 소리에 집중할 용기가 없었다. 근래 끊이지 않던 무거운 생각들이 되살아나는 게 두려웠다. 헬스장의 기계 위에서보다 빨리 달려서는 안 된다는 걸 잘 알고 있었다. 걸음마다 뿌옇게 올라오는 모래 먼지는 분명 호흡에 좋지 않을 것이었다. 하지만, 고지식하리만큼 늘 잘 지켜 오던 규칙들을 이런 순간에는 익숙한 몸조차도 기억해 내지 못한 다는 걸 깨달을 수 있었다. 멈추고 싶지 않았다. 하얀색의 좁은 트 랙에서 튕겨 나가면 죽기라도 하는 듯, 박원은 벌써 몇 바퀴째 전 력을 다하고 있었다.

"박 선생님, 이러다 큰일 나요."

부딪힐 게 분명한데도 경복은 비켜서지 않았다. 그나마 박원의 힘이 빠진 게 다행이었다. 처음보다 확연히 줄어든 속도에 박원은 간신히 경복에게 팔을 잡힌 채 멈출 수 있었다. 절로 허리가 숙여 지자, 머리에서 땀이 후드득 땅바닥으로 떨어졌다. 꺼억꺼억, 가 쁘게 쉬는 숨이 괴로운 소리를 냈다. 힘이 풀린 두 무릎이 아무렇 게나 고꾸라졌다. 경복이 잡고 있던 손을 놓쳤다. 박원은 그대로 바닥에 주저앉았다.

제멋대로 늘어진 두 팔도 바닥에 늘어졌다. 늘 꼿꼿하던 허리는 한껏 힘이 풀려 굽어 있었다. 아직도 전혀 정리되지 않는 호흡을 따라 고통스러운 쉿소리가 목구멍을 타고 나고 들었다. 힘이 풀린 두 발은 양옆으로 풀어져 있었다.

"박 선생님, 그렇게 땅바닥에 앉아 있으니 꼭 우리 애들 같네 요."

뻐근하게 결리는 가슴을 부여잡으며, 박원이 겨우 고개를 들었다. 한껏 낮아진 자세에서 올려다보니, 키가 큰 경복이 더욱 커 보였다. 햇빛이 반사된 경복의 흰머리가 유난히 밝은 빛을 냈다.

"수업 시간에 애들한테 늘 말해요. 너희들은 매일 몸이 자라듯 마음도 자라고 있는 거라고. 하루에 키가 얼마나 자랄지 모르는 것처럼, 때론 자기조차도 자기 마음을 모를 때가 있는 거라고요."

어디선가 시작된 5월 오후의 미풍이 운동장을 둘러싼 나무의 잎사귀들을 어루만지기 시작했다. 한순간에 솨, 나무들이 말을 하듯 소리가 이어졌다. 따뜻한 바람에 박원의 머리카락이 나부꼈다.

"제가… 애들보다 못하네요. 몸은… 다 자랐는데, 이게 무슨 짓인지… 저도… 모르겠어요."

그나마 잦아든 숨에 박원이 띄엄띄엄 받은 호흡을 섞으며 말을 이었다.

"그러니까요. 저도 그 얘기 애들한테 하면서도 늘 생각해요. 내가 이런 말을 할 자격이 있는 건가. 나도 늘 내 마음을 모르는데? 그런데 어른들도 매일매일은 처음이잖아요. 그렇게 생각하면, 조금은 위로가 되기도 하고요."

늘 정답을 알고 있는 사람 같았다. 언제나, 어떤 질문에도 대답할 준비가 되어 있는 것 같았다. 그런 경복에게서 듣는, 자신의 마음을 어루만지는 위로에 박원은 이런 순간에도 조금은 안도감이 들었다.

"소문 때문에 그만두시는 거예요?"

내미는 경복의 손을 거절하며, 박원이 두 발을 땅 위에 대고 힘주어 다리를 곧추세웠다.

"아니에요, 박 선생님."

몸을 움찔하면서도 경복은 박원이 일어나는 걸 지켜보고만 있었다.

"제가 다 말할게요. 김 선생님이랑 저는 무슨 일이 있으려야 그럴 수가 없다고요."

자리에서 일어난 박원이 트레이닝복 바지의 흙먼지를 툭툭, 털어냈다. 아직도 멈추지 않은 이마의 땀을 팔뚝으로 몇 번 문질렀다. 고개를 갸웃하면서도 경복은 여느 때처럼 사람 좋은 미소를 짓고 있었다.

"소문 때문에 그만두는 거면, 축하받을 일은 아닌 거 같은데요."

"아…."

생선의 가시가 걸린 듯 목까지 차올랐던 많은 말들이 흩어져 버렸다. 축하, 동료들의 밝은 웃음소리가 그제야 떠올랐다. 도대체 무슨 바보 같은 짓을 한 거야. 제대로 얼이 빠져버린 박원의 표정을 보며, 경복이 크게 웃기 시작했다. 오후의 햇빛이 박원의 등을 가만히 쓸어내렸다.

10

"쌤, 진짜 그만두시는 거예요?"

경복이 미술실로 들어서자마자 인사보다 더 앞다투어 질문들
이 쏟아졌다. 저 하나에게만 집중된 말간 시선들, 잠깐의 정적을
파고드는, 창밖에서 들려오는 이제는 완연한 여름의 소음들. 다른
건 몰라도 아이들과의 오롯이 행복했던 이 시간만큼은 영원히 그
리울 것 같다고 경복은 잠시 생각했다.

"그런 소리는 또 어디서 들었어?"

언제나처럼 교탁의 앞으로 가 팔꿈치를 교탁의 끝에 걸치고, 경
복이 아이들을 바라봤다.

"저희도 다 알아요. 무슨 미술상 받으셨다면서요?"

말이 끝나기도 전에 환호와 박수가 터져 나왔다. 아이들의 박수 소리는 이상하게도 어른들의 것과는 다르게, 코끝이 시큰해지는 힘이 있었다. 아직은 여린 손들이 빚어내는 진심어린 축하에 경복은 빙그레 웃음이 났다.

"그럼 어디로 가시는 거예요? 다른 학교로 가시면 안 돼요!"

"그건 아니고, 학교는 이번 학기, 여기가 마지막이야."

이번 여름 방학이 채 끝나기도 전에 아이들은 경복의 존재조차 잊어버리겠지만, 이 순간만큼은 진심일 아쉬움에 모두가 조용해졌다.

"너희들은 3개월 후, 금요일 저녁에 뭐 먹을 거니?"

"그걸 어떻게 알아요?"

장난기 서린 아유들과 함께 미술실 바닥을 구르는 발소리들이 섞여 들었다. 벽면의 다양한 면과 색들도 어우러지며 함께 웃고 있는 것 같았다.

"치킨이요!"

"너는 매일 치킨이잖아!"

서로를 바라보고 팔을 치며 웃는 아이들의 이마로 땀줄기가 흘러내렸다. 아직은 에어컨보다는 이른 여름 바람의 청량함을 느껴야 하는 계절. 경복이 닫혀 있던 미술실 앞쪽 창문을 활짝 열어젖혔다.

"너희들한테 장래 희망이나 미래의 계획을 묻는 건, 3개월 후 금요일 저녁 메뉴를 묻는 것과 비슷한 거래. 그중에는 너처럼…."

경복이 다가가 어깨를 살짝 건드리자, 자리에서 일어나 두 손을 들어 정수리 위로 닭 볏을 만들고는 꼬꼬, 소리까지 내는 얼굴에 경복도 어쩔 수 없이 폭소가 터졌다.

"벌써부터 뭘 하고 싶은지 확실한 사람도 있는 거고."

옆자리의 친구가 일어났던 학생을 끌어다가 앉히는 모습에, 좀 전보다 더 큰 웃음소리가 미술실의 창밖까지 새어 나갔다.

"그런데 어른이 되어도 미래의 계획을 다 알 수 있는 건 아니거든. 너희들에게 3개월 정도라면, 글쎄… 어른들한테는 다음 달 금요일 저녁 정도?"

교탁의 안쪽으로 이동한 경복이 책상 위에 놓여 있던 볼펜을 잡아 천천히 돌렸다. 언젠가의 재미있는 기억을 떠올리며 모든 시선이 이동했다.

"그러니까 나도 잘 모르겠다는 뜻이야. 너희가 이미 알다시피, 감사하게도 유명한 미술대전에서 큰 상을 받았고, 이제는 그림 그리는 일에만 집중하기로. 일단은 그렇게만 결정했어."

경복이 미술실로 들어설 때보다 훨씬 더 큰 박수와 환호가 오래도록 이어졌다. 앞으로 세상을 살아가면서 쉽지만은 않겠지만, 다른 사람의 행복에 지금처럼 진심으로 박수를 쳐줄 수 어른이 되기를, 지금의 마음을 아주 조금이라도 잊지 않기를 경복은 말 대신 기도하듯 되뇌었다.

"이 얘기는 여기까지. 우리는 내일 지구가 멸망해도 사과나무를 심는 심정으로, 이제부터 친구의 초상화를 완성해야겠지? 아⋯ 비유가 그게 아닌가⋯."

손가락으로 돌리던 볼펜을 들어 경복에 제 머리의 정수리를 가볍게 쳤다. 소소한 웃음소리와 함께 아이들이 자기만의 또 다른 세계를 향해 스케치북을 펼치고 있었다.

미숙을 떠올리며 여러 개의 색을 고르기는 했지만, 한 번도 사용해 본 적 없는 유화 물감이 처음부터 엄두가 나지는 않았다. 마음에 들 때까지 밑그림을 그리는 동안, 시간이 가는 줄도 몰랐지만 제법 두툼한 스케치북 한 권을 다 채웠다. 바움이 스케치북을 제 쪽으로 향하게 세워 오랫동안 바라봤다. 옆자리의 미숙이 그리고 있는 제 모습도 궁금하긴 했지만, 완성될 때까지 기다리고 싶었다. 지금 미숙도 그렇게 기다리고 있는 것처럼.

다솜과 우혜는 조별 책상 옆의 창턱에 걸터앉아 서로를 마주 보고 있었다. 수업 시간 내내 꼭 책상 의자가 아니어도 좋다는 경복의 규칙을 다솜이 유난히 좋아했다. 크레파스의 색을 고르는 다솜의 손가락 위에서 제자리를 찾은 은색 반지가 반짝였다. 우혜의 웃는 얼굴도 반지의 반짝임을 닮아 있었다.

"바움이는 그림 그리는 걸 좋아하니?"

한쪽 무릎을 꿇고 몸을 굽혀 앉으며 경복이 바로 옆에까지 다가오고 나서야, 제 스케치북에 집중했던 바움이 인기척을 느꼈다. 허락을 구하는 눈짓을 한 경복이 바움의 스케치북을 들고 자리에서 일어났다.

"아니요. 그림에 관심 없어요."

바움의 얼굴이 붉어졌지만, 여느 때보다 두 눈은 빛나고 있었다. 아직 밑그림을 그리던 미숙이 제 스케치북을 덮고, 바움과 경복을 번갈아 바라봤다.

"그런데 이건 친구를 진심으로 좋아하는 마음이 느껴지는데?"

그저 밑그림일 뿐인데, 아직 어떻게 색칠해야 할지 결정도 못했는데. 지금까지 미술 시간에 이런 칭찬을 받아본 적이 없었지만, 경복의 말이 진심이라는 건 바움도 충분히 느낄 수 있었다.

"오, 서밤! 알고 보니, 미술 고수였던 거야? 좀 보여줘 봐."

경복에게서 바움이 스케치북을 받아 들자, 다솜과 우혜가 맞은편 의자에 얼른 와서 앉았다. 덮은 바움의 스케치북을 다솜이 손가락으로 가리키고 있었다.

"싫어."

다가오는 다솜의 손을 바움이 장난스럽게 저지했다. 웃으면 비틀어지는 턱이 싫었는데, 불균형하게 튀어나온 이마가 싫어 늘 앞머리를 내려 이마를 덮었는데. 요즘 바움은 처음으로 그런 생각조차 떨쳐내고 웃기 시작했다. 주로 다솜과 함께 있을 때라는 것도 싫지 않았다. 미숙도 자신의 스케치북으로 시선을 옮기며 방긋 웃었다.

"참, 그런데 너희들도 진짜 본 적 없어? 우혜가 자꾸 이상한 소리를 하잖아."

갑자기 떠오른 생각에 제 무릎을 친 다솜이 의자에서 일어나 책상 위에 걸터앉으며 바움과 미숙의 쪽으로 가까이 이동해 왔다. 책상 위의 연필과 지우개가 다솜의 엉덩이에 닿아 차례대로 바닥으로 굴러떨어졌다.

"또 그 얘기야? 내가 이상한 게 아니라, 니가 잘못 본 거라니까."

우혜가 지겹다는 듯 고개를 저었다. 흘겨보는 듯한 눈은 말할 것도 없이 웃고 있었다.

"우리 뜀틀 연습할 때마다 와서 나랑 얘기하던 남자애 말야. 특이하게 체육복이 아니라, 늘 교복 재킷 입고 오던 애 있잖아!"

다가온 우혜가 다솜을 책상에서 의자로 끌어 내리고 있었다. 내려가기 싫은 듯 다솜이 힘을 주어 버텼다.

"이번 주 연습에서 확인하면 되겠네."

다솜이 의자에 앉는 걸 확인하고는, 아직 바닥에서 뒹굴고 있는 연필과 지우개를 줍느라 우혜가 상체를 앞으로 숙였다. 바움과 미숙이 눈을 마주쳤을 때, 두 사람은 똑같이 물음표가 가득한 표정이었다. 창경궁에 갔던 날 다솜이 했던 이야기랑 연관이 있는 건가. 그게 벌써 몇 주가 더 지난 일인데. 그렇다면 이번만큼은 왠지 장난이 아닐 것 같다고, 다솜의 표정이 제법 진지해 보인다고 바움은 생각했다.

정문을 넘는 미숙의 발걸음이 평소보다 조금은 더 다급했다. 학교에 찾아왔던 날, 갑자기 친구가 나타나서 놀랐다고, 제대로 이야기도 못 하게 되어서 서운했다는 미노의 메시지에 미숙은 왠지 모르게 미안함을 느꼈다. 그래서 다음에는 단둘이서만 만나자는 말을, 이번에는 거절할 수 없었다. 미숙이 다른 오디션에 합격하거나 소속사를 찾게 될 때까지 도와주겠다는 말에는 조금 든든하기까지 했다. 그래서 일단 테스트 사진을 찍어보자는 제안에 날짜를 잡았다.

오늘 미노가 가져온다는 카메라는 아마도 전문가용일 것이다. 미숙의 낡은 스마트폰과는 차원이 다른 화질일 텐데. 미숙은 빨리 화장품 가게에 가서 테스트용 화장품으로 간단하게나마 분장을 해볼 생각이었다. 미숙에게 어울리는 색을 찾는 건 쉽지 않았다. 그래서 미리 다양한 가게들을 찾아 여러 번 연습도 해두었다. 약속한 시간까지 다행히 조금은 여유가 있었다.

사거리에 있는 화장품 가게는 밝은 색의 간판과 인테리어 덕분에 멀리서도 눈에 잘 띄었다. 다음 신호까지 얼마나 걸릴지 눈으로 가늠하며 횡단보도 앞에 섰을 때, 미숙의 등 뒤에서 인기척이 느껴졌다. 미숙이 고개를 돌렸을 때 보이는 건 허공이었지만, 미숙은 곧바로 아래쪽에 바움이 서 있는 걸 알아챌 수 있었다.

"나 따라온 거야?"

"무슨 소리야. 여기 우리 집 가는 길이거든."

초록색의 신호가 시작되자 바움이 아직 출발하지 않은 미숙을 앞질러 먼저 나갔다. 미숙이 껑충 한걸음에 바움의 옆으로 다가갔다.

"그런데 어디 가? 너 집 방향 여기 아니지 않아?"

바움이 고개를 꺾으며 미숙을 올려다봤다. 미숙의 가느다란 손목이 바움의 눈 옆에서 왔다 갔다 했다.

"아, 그때 그 아저씨 만나기로 해서."

순간 바움의 몸이 멈칫했다. 미숙은 눈치채지 못한 것 같았다. 숫자로 바뀐 네모 칸 안의 초록색을 바라보며 바움이 얼른 미숙의 뒤를 따라 횡단보도를 건넜다. 목적지를 향해 방향을 튼 미숙의 팔을 바움의 손이 올려잡았다. 고개를 돌려 미숙이 바움을 내려다봤다.

"어디서 만나는데?"

"지하철역에서 만나서 우리 집으로 가기로 했어."

미숙이 휴대전화를 꺼내 확인했다. 여기부터는 바움과 반대 방향으로 가야 하니 인사를 해야 할 때였다.

"그 사람, 진짜 괜찮은 사람이야?"

그런데 놔주지 않는 바움이 이상했다. 지난번에는 너무 갑작스럽고 당황해서 미노를 피했던 거고, 이번에는 진짜 사진만 찍을 테니 괜찮을 게 확실했다. 그동안 미노가 보낸 메시지를 모두 본다면, 바움도 전혀 의심하지 않을 거라고 미숙은 생각했다.

"나도 오디션 몇 번 봤잖아. 가게 홈페이지도 봤어. 괜찮은 거 확실해."

바움은 생각보다 의심이 많은 사람인 건가. 빨리 대답을 해주고, 바움을 보내는 게 미숙에게는 최선일 것 같았다. 안심하라는 마음을 담아 미숙이 바움에게 눈을 맞추고 웃어 보였다.

"엄마는 뭐라셔? 허락하신 거야?"

"내가 진짜 원하는 거면 해보라고, 미국 가기 전에. 됐지?"

아직도 제 팔을 잡고 있는 바움의 손을 미숙이 힘을 주어 떼어 냈다. 이제는 더 이상 지체할 시간이 없었다. 성심껏 답을 해주었는데 바움의 표정은 오히려 더 심각해 보였다. 미숙이 재촉하지 않으면 먼저 돌아서지 않을 것 같았다.

"너 미국 갈 거야? 아니, 그보다 집에서 그 아저씨랑 둘이 만나는 거 엄마가 아시냐고."

미숙이 아는 한, 바움이 이렇게까지 심각하게 목소리를 높인 건 처음이었다. 대개는 들릴 듯 말 듯해서 되물어야 할 때도 많았다. 소리를 높일 만한 일이 아니라 미숙은 조금은 당황스러웠다. 그런데도 무언가, 둘 사이를 크게 가로막고 있던 단단한 벽이 허물어지는 느낌이었다. 바움이 성큼 한 걸음 다가온 것 같았다. 분명 갑작스레 좁혀진 마음의 거리를 미숙은 느낄 수 있었다. 바움이 쉽게 놔주지 않을 거란 생각이 들었다.

"…이상해?"

"응, 많이."

끄덕이는 바움의 고갯짓이 단호했다. 놓지 않겠다는 듯 힘을 주어 바움이 미숙의 손을 잡았다. 다른 사람의 손을 마지막으로 잡았던 게 언제였을까.

정작 자기가 잡아 놓고는 생경한 느낌에 바움의 몸이 잠시 경직됐지만, 아무래도 석연치 않은 미숙의 약속을 막아야 한다는 것 말고는 바움은 아무 생각도 할 수 없었다.

그렇게나 다급하게 왔는데. 얼마나 오랜만인지는 생각하다 헤아리길 그만두었다. 그런 생각이 들자, 바움은 영어 학원의 출입문을 쉽사리 열지 못하고 있었다. 결국 바움의 손을 놓고, 큰 걸음으로 성큼성큼 뛰어가던 미숙의 뒷모습이 머릿속에서 떠나지 않았다. 미숙을 따라가는 것보다 여기로 오는 게 확실히 빠를 거라 생각했다. 오직 그 생각뿐이었다.

엄마와는 그날 이후로 최소한의 대화만으로 지내왔다. 필요한 게 생기면 메시지로 전했고, 가족들이 모두 집에 있는 날에는 가능한 방에만 머물렀다. 어쩔 수 없이 다 같이 식사를 할 때도 절대 고개를 들거나 눈을 마주치지 않았고, 질문에는 음성 없이 건조하게 고개만 위아래, 좌우로 움직여 대답했다.

시간이 지날수록 엄마가 어떤 마음이었는지 궁금하기는 했다. 완전히 헤아릴 수는 없겠지만, 아주 조금은 알 것도 같아 미안한 마음이 들기도 했다. 어쩌면 이미 그날의 날카로운 감정들은 거의 사라졌는데도, 어떻게 엄마에게 다가가야 할지를 바움은 아직 알 수 없었다. 엄마의 부탁대로 흥분하지 않고, 차분하게 대화를 해보고도 싶었다. 하지만 그마저도 어떻게 시작해야 할지 도저히 용기가 나질 않았다. 엄마는 바움을 기다리고 있을지 모르지만, 바움 역시 이번에도 엄마가 다시 한번 다가와 주기만을 기다리고 있었다.

바움이 엄마의 유전자를 물려받았다는 검사 결과를 들었을 때는 아직은 여러 가지의 선택이 가능한 임신 초중기였다고 했다.

가능성에 대해 알고 있었음에도, 실제로 현실이 되자 아빠는 조금은 두려웠다고 했다. 하지만 엄마는 단 한 순간도 흔들리지 않았고, 그저 한결같은 마음으로 사랑할 수 있기만을 기도했다고 말하는 아빠의 눈이 유난히 깊었던 걸 바움은 기억했다. 언젠가 둘이서만 떠났던 캠핑 여행에서였다.

잘은 모르지만, 늘 바쁜 엄마가 미숙을 위해 당장 뭘 해줄 수 있을지 확신이 없었다. 그래도 생각나는 사람이, 결국 도움을 청할 수 있는 존재는 이 세상에서 언제나 엄마뿐이라는 걸 바움은 알고 있었다.

"와, 언니 왔어?"

반색하며 뛰어오는 리베를 사이에 두고, 정적을 지키며 지연과 바움이 서로를 바라봤다. 두어 걸음만으로 문 앞에 도착한 리베가 바움의 손을 잡아 이끌었다.

"들어와. 언니, 학원에 진짜 오랜만이지?"

바움이 안으로 들어서자, 원장실의 문을 닫은 리베가 지연의 책상 앞에 놓인 소파에 털썩 주저앉았다. 오랜만에 본 바움의 얼굴에 잔뜩 신이 난 표정이었다. 어린 시절에는 매일같이 마주하던 바로 그 얼굴이었다. 리베가 옆의 빈자리를 툭툭 치며, 앉으라고 재촉했다.

자리에서 일어난 지연이 책장 옆의 소형 냉장고를 열었다. 냉장고의 손잡이를 잡는 지연의 손이 떨리고 있다는 걸 바움은 눈치채지 못했다. 지연이 한다고 하는데도, 마음과는 달리 바움과는 점점 더 멀어지고 있었다. 사춘기가 시작됐으니 당연한 일이라고 지연은 자신을 다독였다. 시간이 지나면 괜찮아질 거라 생각했었다. 하지만 그런 생각조차 지쳐가고 있는 요즘이었다. 고집으로는 유명했던 자신의 어린 시절도 떠올랐다. 그러고 보니 바움은 확실히 자신을 빼닮은 아이였다.

아이들은 스스로 성장하는 힘이 있다는 말은, 학부모 상담에서 지연이 가장 자주 하는 말이었다. 그런데도 정작 바움을 대할 때는 떠올려본 적이 없는 문장이었다. 중학생인 걸 알면서도, 속으로는 늘 리베보다 바움을 걱정했다. 그리고 어쩔 수 없이 조금은 바움이 안쓰러웠다. 지연이 머뭇거리며 바움보다 더 갈팡질팡하는 동안 아이는 얼마나 힘들었을까. 오랜만에 마주하는 바움의 모습에 지연은 왠지 코끝이 시큰했다.

"엄마… 도움이 필요해. 친구 때문에."

바움의 입에서 마지막으로 친구라는 말을 들었던 게 언제였을까. 지연이 지쳐갔던 지난 몇 주 동안, 바움은 스스로 이만큼 성장해 있었다. 지연이 고개를 들자, 바움이 간절한 눈빛으로 지연을 바라보고 있었다.

예상과는 달리 미노는 그저 작은 삼각대에 자신의 스마트폰을 설치하고 있었다. 하지만 커튼도 없는 집의 거실이 너무 어둡다며 작은 조명을 꺼내 옆에 함께 달았다. 이럴 거면 실내보다는 밝은 빛이 가득한 근린공원이 나을 것 같았다. 사람들이 뜸한 곳을 찾으면 그렇게까지 부끄럽지도 않을 것 같았다.

바움이 지체하는 바람에 시간이 모자라 화장을 제대로 하지 못했다. 급한 대로 기초적인 건 마쳤지만, 생각해 두었던 색조에는 손도 대지 못했다. 땀이 흐르는 이마가 신경 쓰이기 시작했다. 미숙이 자리에서 일어나자, 미노가 얼른 미숙의 발목을 낚아 잡았다.

"화장실이요. 거울 좀 보려고요."

서울 외곽의 오래된 지하철역은 출구가 단 두 개였다. 그것도 대로를 기준으로 양쪽에 위치해 있어 길을 헤맬 염려가 거의 없는 곳이었다. 역 앞에 서 있는 미숙을 향해 손을 흔들며 다가오는 미노를 보며, 미숙은 바움의 헛된 걱정들이 떠올랐었다. 저렇게 착하게 웃는 사람인데. 며칠 만에 보는 고양이 문신이 반갑기까지 했다.

그런데도 지금 화장실 안으로 들어서며, 미숙은 조금 전 미숙의 발목을 잡던 미노의 거친 손길이 떨쳐지지 않았다. 올려다보던 두 눈도 지금까지와는 다르게 험하고 사나웠다. 미노라는 이름은 본명이 아닐 것이다. 그렇다면 지금 미숙은, 이름도 모르는 겨우 세

번 잠깐 만난 성인 남자와 단둘이 집 안에 있는 것이었다. 그런 생각이 들자 좀 전에 미노가 잡았던 발목에 개미들이 줄지어 이동하는 것 같은 느낌이었다. 발목을 슬슬 긁으며, 미숙이 화장실 문을 소리 나지 않게 잠갔다.

"내 얼굴은 가능한 안 나오게 찍을 테니까, 혹시 나오면 모자이크해서 바로 다크웹에 올려. 무슨 놈의 집이 해도 안 들고, 애도 까매서 조명을 최대한 때려도 밝게 안 나올 거 같애. 색 보정도 좀 할 수 있으면 하고."

틀어놓은 세면대의 물을 잠그자, 문밖의 소곤거림이 선명했다. 미숙은 문에 귀를 대고 숨을 죽였다. 화장실 벽면 위의 작은 창문으로 밝은 빛이 쏟아져 들어오고 있었다. 집에서 유일하게 햇빛이 제대로 들어오는 창문이었다. 방금 들은 말을 미숙은 되뇌어보았다. 모자이크는 당연히 알고 있는 단어였지만 다크웹은 들어본 적이 없는 말이었다. 그런데도 무언가 잘못되어 가고 있다는 건 알 수 있었다. 바움이 맞았을지도 모르겠다는 생각이 들었다. 그러자 가빠지는 호흡에 큰 소리라도 낼까 봐 미숙은 한 손으로 제 입을 막았다.

덜컹, 잠긴 문의 문고리가 거칠게 흔들렸다. 사나운 기운이 문밖에서 어른거렸다. 미노가 큰 소리로 발을 굴렀다.

"뭐 해? 빨리 나와, 이제."

낮은 음성에 미숙이 놀라 몸을 떨었다. 분명 밖에 있다는 걸 알고 있었는데도, 코에서 뜨거운 김이 푹푹 새어 나왔다. 미숙의 두 다리가 양옆으로 크게 떨렸다. 제 입을 막았던 손을 떼어, 두 손으로 문고리를 꽉 잡았다. 건너편에서도 잡은 손에 힘을 실었다. 마음만큼 문고리가 돌아가지 않자, 미노가 이제는 나무문을 퍽퍽 치기 시작했다.

"아, 진짜, 이게. 미쳤나? 안 나와?"

곧이어 발로도 쾅쾅 문을 걷어찼다. 금방이라도 얇은 나무문이 쩍 갈라질 것 같았다. 미숙은 어느새 울고 있었다. 할 수 있는 일이라곤 그것뿐인 듯, 미숙은 손잡이를 부여잡고 무너지듯 자리에 주저앉았다.

**

제 방보다 더 익숙한 곳이었는데, 오랜만에 다솜의 방으로 들어선 우혜는 얼마 전까지의 서운함이 되살아나는 것 같았다. 이제는 더 이상 다솜이 밉지는 않지만, 그 시간들이 전혀 없던 것처럼 깨끗하게 사라지지는 않았다. 떠올리지 않으려 해도 불쑥불쑥 다솜의 등에서, 머리카락에서, 늘 기분이 좋아지게 해주는 섬유유연제 냄새에서 아직은 떨쳐지지 않았다.

그래도 다솜은 노력하는 중이었다. 우혜도 분명 알고 있었다.

오늘도 먼저 집에 함께 가자면서 우혜를 이끌었다. 교문을 벗어날 때, 바움과 미숙이 함께 횡단보도를 건너는 걸 봤다. 이제 두 사람도 그만큼이나 가까워졌구나. 다음에는 넷이 함께 어디든 놀러 가면 좋겠다고 우혜는 생각했다.

다솜이 간식을 담은 쟁반을 들고 들어와, 책상 위에 올려놓았다. 제철 과일의 향긋함에 우혜는 침이 꼴깍 넘어갔다. 포크로 과일 한 조각을 집어 다솜이 우혜에게 건넸다. 그러고는 옆에 놓여 있던 닭가슴살의 포장 비닐을 벗겼다.

"그래서 아까 급식에서 밥 반만 먹은 거야?"

"탄수화물은 줄이고 단백질을 늘려야 근육이 붙지."

앙, 한입 크게 베어 무는 다솜에 우혜는 어쩔 수 없이 웃어버렸다. 입속 파인애플의 신맛이 순식간에 세상에서 가장 달콤하게만 느껴졌다.

"우리 어렸을 때 사진 보자."

우혜가 제 것인 듯 다솜의 노트북 컴퓨터의 전원을 켰다. 그동안 백 번 이상은, 아니 천 번 만 번 이상은 보고 또 봤을 텐데도 우혜는 다솜과 어린 시절의 사진을 보는 게 좋았다. 처음 만난 게 초등학교 3학년 때였으니, 우혜가 함께 하지 못한 다솜의 그 이전 시간을 찾아보는 것도 좋았다.

비밀번호 로그인 화면이 나오자, 우혜가 익숙하게 자신의 생년

월일을 쳐서 넣었다. 우혜의 노트북 컴퓨터도 당연히 다솜의 생년월일이 비밀번호였다. 다솜의 컴퓨터 바탕화면 사진은 작년 봄 현장 체험에서 둘이 함께 찍은 사진이었다.

서랍 속에서 꺼낸 외장하드를 다솜이 컴퓨터에 연결했다. 두 사람의 온갖 추억이 잔뜩 들어 있는, 벌써 5년이나 사용해 온 것이었다. 용량이 거의 가득 찬 것을 확인하고 우혜는 새것을 사줘야겠다고 생각했다. 아직 다솜의 생일까지는 조금 남았으니 뭐라고 하면서 주면 좋을까, 우혜는 생각했다.

우혜가 다솜의 4학년 때 생일 파티 사진을 모아 놓은 파일을 클릭할 때, 자동으로 로그인되어 있던 다솜의 이메일에 알림이 떴다. 일부러 부탁하지 않으면 절대로 확인하지 않는 다솜의 이메일 알림의 숫자는 꽉 찬 세 자리였다. 오랜만에 지워줄까, 생각하며 우혜는 이메일을 열었다.

주방에서 닭가슴살을 하나 더 데워서 돌아온 다솜이 우혜의 옆으로 가서 나란히 앉았다. 그러고는 굳어 있는 우혜의 표정을 발견했다. 화면에는 예진이 보낸 이메일이 띄워져 있었다. 더 이상 우혜는 마우스를 클릭하지 못했다. 예진이 왜? 다솜이 얼른 무선마우스를 가져와 메일을 살펴봤다. 제목도 없고, 내용도 없었다. 닫으려고 보니, 압축파일이 하나 첨부되어 있는 것이 눈에 띄었다.

한 손으로 우혜의 손을 잡은 다솜이 다른 손으로 압축파일을 다운받았다. 떨리는 우혜의 눈빛이 컴퓨터 화면에 가서 꽂혔다. 다솜이 파일의 압축을 풀었다. 특별할 것 없는 노란색 폴더의 제목은 '어', 한 글자였다. 다솜이 폴더를 더블클릭하자, 또 다른 폴더 하나가 나타났다.

이번 폴더의 제목은 '없'. 다솜과 우혜가 동시에 마주 봤다. 적어도 저주하는 편지쯤 들어 있을 줄 알았는데. 마치 열면 작은 인형이 계속 나타나는 러시아 목각 인형처럼, 몇 번을 다른 사진이나 문서도 없이 계속 한 글자 제목의 폴더가 나타날 뿐이었다.

'수'

'재'

'둘'

'네'

'너'

한 글자 한 글자 소리 내어 읽던 다솜의 입꼬리가 슬쩍 올라갔다. 우혜는 여전히 불안한 눈빛이었다.

"이번이 마지막일 거야."

"어떻게 알아?"

자신하는 다솜에게 우혜가 되물었다.

"어, 없, 수, 재, 둘, 네, 너. 거꾸로 읽어봐."

다솜에게서 마우스를 가져와 우혜가 다시 처음부터 하나하나

폴더를 열어 가며 글자를 확인했다. 허, 우혜가 헛웃음을 쳤다. 그러고는 마지막이 확실할 폴더를 열었다.

예상대로 새로운 폴더는 없었다. 대신 사진이 한 장 들어 있었다. 다솜은 처음 보는 것이었다. 가지각색의 튤립을 보니 용인의 놀이공원이 확실했다. 사진에 들어앉아 있는 두 명은 비슷한 색의 원피스를 입고, 똑같이 긴 머리를 양 갈래로 땋은 모습이었다. 같은 색의 풍선을 하나씩 쥐고 서로를 바라보며 웃음을 터트리고 있는 닮은 얼굴은 우혜와 예진이었다. 다솜이 알지 못하는, 자신과 만나기 이전 우혜의 모습이었다.

**

휴대전화를 가지고 들어오지 않았다는 게 미숙은 그제야 떠올랐다. 오늘은 엄마가 언제 퇴근한다고 했었는지, 도저히 생각나지 않았다. 얼마나 버틸 수 있을까. 그때 경복궁에서 우혜가 이런 기분이었을까. 미노가 문을 걷어차는 소리는 점점 더 거세지고 있었다. 그래도 잘 참고 있었는데, 한순간 입에서 흐느낌이 준비도 없이 터져버렸다. 미노가 비상열쇠를 찾으면 어떡하지. 문고리는 처음보다 확실히 더 크게 덜컹거리고 있었다.

"넌, 나오면! 내 손에 죽었어!"

이제는 힘껏 내지르는 소리에 미숙도 절로 소리 내어 흐느끼기 시작했다. 벌어진 입에서 채 삼키지 못한 침이 흘렀다.

"여긴가 봐."

잠깐 정신을 잃은 줄 알았다. 자기도 모르게 잠이 들고, 꿈을 꾼 거라고 미숙은 생각했다. 한 무리의 웅성임이 창밖을 에워싸고 있었다. 그러고는 현관문을 두드리는 소리가 들려왔다. 쾅쾅, 여전히 소리를 내지르며 문을 두드리느라 미노는 아직 알아차리지 못하는 것 같았다.

"미숙아! 문 열어봐. 나야, 바움이!"

익숙하지 않은 무전기의 전자음에 남자, 여자 어른들의 목소리가 섞여 있었다. 그중에서 바움의 목소리가 가장 또렷했다. 꿈이 아니었다.

"경찰입니다. 문 열어보세요!"

제대로 힘이 들어가지 않는 다리를 미숙이 겨우 일으켜 자리에서 섰다. 아직 문고리를 잡은 손이 덜덜 떨리고 있었다.

"현관 비밀번호 4712야, 바움아!"

집에서 유일하게 밝은 빛이 들어오는 작은 창문을 향해 미숙이 소리 질렀다. '젖 먹던 힘'이라는 말을 이렇게 실감하게 될 줄은 몰랐다. 이번에는 정말이지 잠이 드는 것 같았다. 기운을 모두 써버리자 절로 눈이 감겼다. 달콤한 꿈은 아니어도 이제는 괜찮다는 생각이 들었다. 간신히 버티고 서 있던 미숙의 두 다리가 푹 꺾였다.

11

검은 코트 자락 끝이 바닥에 닿는 줄도 모르는
지, 이선은 연신 허리를 굽혀 지연에게 인사했다. 끊임없이 중얼
거리는 소리에는 '감사'와 '죄송'이 가장 많이 섞여 있었다. 지연
이 몇 차례나 손사래를 치고 나서야, 이선이 허리를 펴고 일어서
마지막으로 다시 한번 고개를 숙였다. 이선의 이마에는 송골송골
땀이 맺혀 있었다.

박원이 의자를 빼주자 지연이 반듯하게 허리를 곧추세우며 앉
았다. 건너편으로 박원과 이선도 나란히 앉았다. 상담실의 스피커
로 수업 종료를 알리는 종소리가 흘러나왔다.

"선생님께서 바로 주소 알려주셔서, 무슨 일 나기 전에 막을 수

있었어요."

"아니에요, 제가 가봤어야 하는데요. 감사합니다."

박원과 지연의 대화를 듣던 이선이 양손을 부들거리더니 테이블 위를 세게 쳤다. 코트의 소매 끝은 풀린 실밥으로 너덜너덜했다.

"아니, 그런 나쁜 놈이… 세상에…."

치켜뜬 두 눈에 잔뜩 힘이 들어갔다. 아랫입술을 내민 채 바람을 불어 이선이 앞머리를 몇 차례 들어 올렸다.

"경찰에서는 눈에 보이는 피해가 있는 게 아니라서 특별한 처벌은 불가능할 거라고 하더라고요. 그래도 파출소에서 동네 순찰을 더 강화한다고는 하셨어요."

박원의 이야기에 집중하며 지연이 고개를 끄덕이고는 테이블에 놓인 종이컵을 들어 한 모금 마셨다. 박원이 들고 있던 메모지를 지연의 앞으로 내밀었다.

"미숙이 어머님도 많이 감사하고, 죄송해하고 계세요. 따로 연락드리시겠다고요, 여기 연락처예요."

"아유, 그러실 거 없는걸요. 완벽한 부모는 없잖아요. 서로 도울 수 있으면 좋죠. 저도 학원 오래 하면서 그렇게 아이들 많이 만나고 가르쳤는데도, 제 아이는 또 어찌해야 할지 모르겠더라고요."

순간 이선의 얼굴에 스친 낯선 쓸쓸함에 박원의 시선이 가만 머물렀다. 그날 이후로 단단히 얼어 있는 두 사람 사이는 여전했으므로, 박원은 굳이 신경 쓰고 싶지 않았다. 일부러 고개를 돌리며 필요 이상의 호기심을 억눌렀다.

"다른 아이들 사춘기랑 다를 바 없을 거라고 계속 마음 준비를 했는데도, 요 근래 한마디 말도 못 붙이게 하니까 너무 힘들더라고요."

억지도 웃어 보이는 지연의 얼굴에서 그간의 기억들이 재빠르게 스쳐 지나는 듯했다.

"그래도 바움이가 미숙이랑 많이 가까워진 것 같아요. 전에 같이 뜀틀 연습하는 조 친구들한테 일이 있었는데, 그것도 서로 도와서 잘 해결했어요.

"아니, 또 무슨 일이 있었습니까? 그 반은 늘, 왜…."

의자를 박차고 일어난 이선이 시선을 창밖으로 고정한 채 목소리를 높였다. 제멋대로 펄럭이는 검은 겨울 코트는 6월 말의 날씨에는 우스꽝스러워 보였다.

"교감 선생님이 보지 못하시는 사이에도 애들은 서로 도와가며 자라고 있어요."

박원의 말에는 이미 관심을 잃었는지, 이선이 열린 창문가로 다가가 운동장을 주시했다. 주름 잡힌 미간이 바라보는 곳은 건물에서 멀리 떨어진 농구장이었다. 아이들 여럿이 가위바위보를 하더니 땅에 선을 그었다. 간간이 터지는 웃음소리가 상담실 안에서도 잘 들렸다.

"그럼 저는 이만, 바빠서….”

덥석, 이선이 지연의 손을 잡아 흔들고는 달리듯 빠른 걸음으로 상담실 문을 빠져나갔다.

"교감 선생님, 여전하시네요."

지연이 종이컵에 남아 있던 음료를 끝까지 마셨다.

"교감 선생님이랑 처음 뵙는 게 아니셨어요?"

"몇 번 뵌 적 있어요. 아무래도 제가 이 동네에서 학원을 오래 하다 보니까, 근처 학교 상황이나 선생님들은 대충이라도 알게 되니까요."

박원이 고개를 끄덕일 때, 반쯤 닫혀 있던 상담실의 문이 거칠게 열렸다. 바닥을 구르는 발소리보다 다솜의 거친 숨소리가 먼저 출입문을 타고 넘어 들어왔다. 땀으로 젖은 앞머리가 이마에 붙은 채로 다솜이 문 안으로 고개만 빼꼼 내밀었다.

"쌤, 쌤도 몰라요?"

한쪽을 구겨 신은 운동화를 끌며 다솜이 박원에게 다가왔다. 뒤따라 들어온 우혜도 숨을 헐떡이고 있었다.

"바움이 어머님이셔. 인사부터 하자."

아직도 숨을 고르고 있는 다솜에게 지연이 다정하게 눈인사를 건넸다. 까맣고 동그란 머리통들이 얼른 지연을 향해 숙여졌다.

"원장 쌤, 저희 다음 달부터 학원 다닐 거예요."

"저도요."

우혜가 지연의 곁으로 한 걸음 다가서며 눈을 반짝였다.

"그래, 다음 달에 보자."

따뜻한 눈빛으로 지연이 우혜를 바라봤다.

"아, 쌤. 저희 뜀틀 연습할 때 맨날 깍두기로 와 있는 애 있거든요."

"그래?"

"아니에요, 쌤. 얘 지가 혼잣말했으면서 자꾸 누가 있었다고 하잖아요."

진지하게 커진 다솜의 두 눈에는 억울함과 답답함이 가득 차 있었다. 걱정이 듬뿍 담긴 눈빛으로 다솜을 바라보는 우혜 역시 거짓말은 아닌 것 같았다.

"분명 우리 반은 아니에요."

이제는 한쪽 발을 동동 구르며 두 눈을 질끈 감은 다솜이 몸까지 부르르 떨었다.

"그럼 몇 반인데?"

박원이 다솜의 팔을 슬쩍 잡고 부드러운 목소리로 물었다. 잠깐 지연을 살피는 것도 잊지 않았다.

"몰라요."

"이름은?"

"그게… 크리스털이요."

다솜이 주먹 쥔 양손에서 검지만을 펴서 올리며 소리쳤다.

"여자애야?"

"아니요, 남자예요."

박원이 지연과 벽의 시계를 번갈아 살폈다. 잘은 모르지만, 지연도 바쁜 와중에 시간을 낸 것일 터였다. 하지만 다솜을 무시할수는 없었다. 우혜가 긴 숨을 내쉬며 한쪽 어깨를 축 늘어뜨렸다.

"영어 학원 이름이랬어요. 아, 그러다가 루크로 바꿨다고요."

빙그레 웃으며 두 아이들을 바라보던 지연의 얼굴에 순간 물음표가 여러 개 떠올랐다. 이제는 얼굴까지 붉어진 다솜을 바라보는 지연의 고개가 갸웃, 한쪽으로 기울어졌다.

"명찰 있잖아. 진짜 이름은?"

기억을 떠올리려 다솜이 두 눈을 꼭 감고 양손을 들어 허공을 더듬었다. 마치 최면에 걸린 듯한 모습이었다.

"없었어요. 아니, 기억이 안 나요."

천천히 눈꺼풀이 열리자 까만 눈동자에는 아쉬움이 가득했다.

"아, 앞머리 내리고 까만 뿔테 안경 끼고…."

"우리 학교에 그렇게 생긴 남자애 256명은 있을 거라니까."

마주 보고 앉은 어른들을 번갈아 바라보며, 우혜가 다솜의 손을 잡고 흔들었다.

"그리고! 아, 목에 점이 있어요. 조금 커요. 분명 우리 학교 교복 입고 있었어요. 지금 3학년이 입는 예전 교복이요."

테이블을 사이에 두고 맞은편에 앉아 있는 두 명의 어른과 그들을 향해 서 있는 두 명의 아이들 사이로 서늘한 바람이 불어왔다. 계절에 어울리지 않는 한기였다. 지연이 반소매 블라우스 아래, 팔뚝을 살살 쓸었다. 멈출 줄 모르던 다솜의 설명이 갑자기 그쳤다. 농구장에서는 박수 소리가 요란했다. 서로가 서로를 마주보며 가끔은 어긋난 시선을 좇으며 한동안 예상치 못한 정적을 네 사람 중 그 누구도 선뜻 깨지 못했다.

"오늘 보면 이름 꼭 물어봐. 이름 알아 오면, 쌤이 찾아줄게."

박원의 말에 순간, 모두 최면에서 깨어난 듯 움직이기 시작했다. 다솜의 정수리를 쓰다듬으며 박원은 지연의 얼굴에 지나는 묘한 표정을 알아차렸다.

"몇 주 전부터 안 오더라고요."

원하던 대답을 듣지 못한 다솜의 어깨가 축 처졌다. 그러면서도 지연을 향해 꾸벅 인사는 잊지 않았다. 우혜가 다솜의 손을 꽉 잡았다. 들어올 때의 생기라고는 전혀 찾아볼 수 없는 채로 다솜이 천천히 걸어 나갔다. 상담실의 문을 닫으며 다솜이 길게 한숨을 내쉬었다.

"그럴 리가 없지만, 예전에 아주 예전에 비슷한 애가 있었어요."

지연이 고개를 세차게 가로저었다. 지금까지의 차분한 모습이 아니었다. 왜인지 망설이고 있다는 걸 박원은 느낄 수 있었다. 지연은 무언가에 휩싸인 듯한 눈빛으로 가만히 고개를 빼고 농구장을 잠시 바라봤다.

"그럴 리가 없는데… 말도 안 돼. 물론 아닐 거예요. 그래도 학원에 저렇게 이름 바꾸는 애가 흔치는 않거든요."

10년, 아니다, 바움이가 첫 돌쯤이었던 것 같아요. 그럼… 12년 전이네요. 봄이었고, 아마도 4월이었을 거예요. 지금 교감 선생님이 그때는 1학년 담임이셨거든요. 애들 뜀틀 연습하는 단층짜리 체육관은 이후에 다시 지은 거고, 그때는 건물이 4층이었어요. 1층이 체육관이고, 위에는 과학실이랑 강당 뭐 그런 게 있었어요. 오래되어서 건물 자체도 낡았지만, 출입문이 철문이었는데 유난히 투박하고, 크고 무거웠어요.

교감 선생님, 그러니까 이선 선생님 반이 거기 4층에서 특별 활동을 했어요. 근방에서 혁신 학교로 처음 지정돼서 다른 학교보다 특별 활동이 일찍 시작된 편이었거든요. 그날, 활동 끝나고 모두 나온 후에 선생님이 문을 잠그셨는데, 남자애들 두 명이 거기

딸린 창고엔가 있다가 나오지를 못한 거예요. 선생님이 몇 번이나 확인하셨는데, 어떻게 그 둘이 거기에 남아 있었는지는 그때도 제대로 알려지지가 않았어요.

문이 밖에서 열쇠로 열고 잠그는 거였는데, 철문이라 애들 힘으로는 안에서 절대 열 수가 없었을 거예요. 그때는 등교하면 하교할 때까지 휴대전화도 걷던 때라 애들한테 휴대전화도 없었고요.

할 수 있는 게 그거뿐이니까 애들이 창문을 열고 소리를 질렀대요. 특별 활동이 끝난 후니까 운동장에 애들도 없었고, 그리고 그때 다른 반들은 거의 외부 활동으로 하고 있어서 선생님들도 학교에 많지 않았어요.

그러다 퇴근하는 길에 이선 선생님께서 애들을 발견하신 거죠. 그제야 애들은 안심했고, 선생님이 얼마나 반가웠겠어요. 그중 한 명이 창밖으로 몸을 빼고 손을 흔들었는데, 그러다가… 그 창문이 지금처럼 안전장치가 제대로 없었으니까요, 크기만 하고…. 선생님이 교무실에서 곧바로 열쇠를 가져오셔서 건물 입구로 들어가시는 참이었는데…. 바로 선생님 발 앞으로 그 애가… 떨어진 거예요.

그때 이선 선생님이 임신 거의 막달이셨는데, 그 자리에서 쓰러지셨고 애도 잃으셨어요. 이후에 이혼도 하셨고…. 복직하시기까지 5년쯤 걸렸던 것 같아요. 그동안 어디 계셨는지도 모르지만, 복직하셨을 때 다들 놀랐었죠. 분위기가 너무 달라져 있었으니까요. 지금도 늘 검은색 옷만 입으시잖아요. 생기도 없으시고요. 그러면서 늘 애들 어떻게 될까, 그것만 걱정하시고, 그러느라 여기저기 온종일 뛰어다니시고요.

죽은 그 애가 저희 학원에 다녔는데 처음엔 크리스털, 그러다가 나중에 루크라는 이름을 썼어요. 검은 뿔테야 다들 쓰지만, 목에 크게 점이 있었어요. 그래서 기억나네요. 다솜이가 봤다는 게 그 애일 리 없지만, 왠지 그 애가 떠올랐어요. 착한 아이였어요. 부모님이 참 잘 키우셨구나 싶은 애 있잖아요. 반장도 도맡아 하고, 학생회장도 하고요. 어린대도 서글서글하고, 어른들한테 예의도 바르고, 그리고 무슨 일이든 친구들도 잘 도와주고요. 이름이… 윤석! 그러네요, 한윤석이었어요.

그리고 같이 있었던 애도 그걸 다 봤으니까, 얼마나 충격이 컸겠어요. 바로 휴학을 했는데, 아마도 실어증으로 말을 잃었다고 했었어요. 그 친구 이름은… 권소원, 아마 맞을 거예요. 할머니랑 단둘이 살던 애였는데, 할머니 돌아가시고 지금까지 교감 선생님이 돌보시는 걸로 알고 있어요. 12년 지났으니까… 벌써 20대 중반이겠네요.

작게나마 뉴스랑 신문에도 났던 일이에요. 그래서 이 동네에서는 모르는 사람이 없던 사건이고요.

＊＊

　강당을 빠져나가는 이선과 아이들을 따라 뒤쪽으로 줄을 서다, 윤석은 소원이 보이지 않는다는 걸 알아차렸다. 같은 초등학교를 나왔지만, 같은 반이 된 적은 없었다. 모두와 두루 친하게 지내는 윤석과는 다르게 소원은 누구와도 친밀하게 지내지 않았다. 언제나 교실 구석에, 마치 교실 안의 TV나 칠판처럼 눈에 띄지 않았는데도, 그 때문이라면 이상할지 모르지만, 윤석은 소원에게 눈이 갔다.

　그래서 지나치지 않고 볼 수 있었다. 영어 학원으로 가는 길, 마트 건물 뒤편으로 난 작은 공터에서 또래 아이들에게 소원이 괴롭힘을 당하고 있었다. 하지 마. 벌겋게 부풀어 오른뺨을 부여잡고 소원이 작은 목소리로 말했다. 윤석이 소원을 처음으로 도와준 날이었다.

　이선에게 이야기하겠다는 윤석을 소원이 말렸다. 그랬다가 녀석들이 더욱 교묘하게 괴롭힌다면 오히려 끝이 아닌 시작일지도 모른다는 이유였다. 그저 순수하게 다른 사람을 돕겠다는 마음이 상대가 원하지 않을 때는 해가 될 수도 있다는 걸 윤석은 처음으로 알게 되었다. 할 수 있는 거라곤 조금 뒤에서 소원을 지켜보는 것뿐이었다.

　아마도 그 녀석들의 소행이 틀림없을 거라고 윤석은 생각했다.

그렇다면 이번만큼은 소원을 위해서라도 이선에게 반드시 이야기해야겠다고 다짐했다. 역시나 창고 안이었다. 열려 있는 줄도 몰랐는데. 온기라고는 찾을 수 없는 4월 중순의 창고는 얼음물 안처럼 추웠다.

구석의 화이트보드 뒤에 소원이 묶여 있었다. 그 앞에 빈 종이 박스를 잔뜩 쌓아두었지만, 옆으로 삐쭉 나온 소원의 발끝이 보였다. 준비 없이 만난 바다 한가운데 이안류처럼, 소원은 다급하게 잠식되고 있었다. 윤석이 다가가자 근처의 먼지들이 한꺼번에 부유했다. 윤석이 소원의 입에 붙어 있던 테이프를 떼어내자, 소원이 여러 번 마른기침을 했다. 윤석의 뿔테 안경은 먼지로 뒤덮였다.

먼지를 털어내며 창고에서 빠져나왔을 때, 강당의 철문은 이미 굳게 닫혀 있었다.

"괜찮아, 쌤이 다시 오실 거야."

윤석이 소원의 교복 재킷을 털어주며 웃어 보였다. 소원은 윤석 목의 검은 점도 함께 웃는 것 같다고 생각했다.

12

상담실에서 나올 때만 해도 축 처져 있던 다솜의 어깨는 얼마 가지 않았다. 아직은 희망을 버리지 않은 모습이었다. 체육관으로 뛰어가는 다솜은 양팔을 앞으로 뻗고 기합 소리를 내며 속력을 내고 있었다. 우혜가 늘 빙그레 웃게 되는 다솜의 귀여움이었다.

그동안 몰라보게 다부져진 뒷모습을 바라보며 우혜는 어쩌면 다솜이 진심일지로 모른다고 처음으로 생각했다. 그래서 미안해졌다. 내가 본 게 아니라고, 다솜이 장난을 하는 것이라고만 믿었는데. 결국 다솜을 있는 그대로 믿어주지 못했다는 생각이 들자, 우혜는 가슴속 어딘가가 쿡 찔린 듯 저렸다. 흥분한 다솜의 손을 잡고 차분하게 들어주던 박원의 얼굴이 떠올랐다. 어른이 된다면, 닮고 싶은 다정함이었다.

바움과 미숙은 이미 체육관에 도착해 있었다. 늘 있던 자리에 뜀틀이 세워져 있고, 두 사람이 매트의 끝을 하나씩 잡고 옮기는 중이었다.

"오늘 심리상담 가는 날이지?"

"응, 바움아. 오늘도 같이 가줄래?"

두 사람의 키 차이 때문에 매트는 한쪽으로 기울어져 있었다. 우혜가 얼른 뛰어가 매트 중간 부분을 함께 잡았다. 여전히 기울어진 채 가운데 부분만 올라간 매트는, 좌우가 불균형한 야트막한 숲의 모양을 닮은 것 같았다.

"늦어서 미안."

우혜가 웃어 보이자, 바움과 미숙도 따라 웃었다. 미숙은 괜찮다는 말도 덧붙여 주었다. 구름판을 가져온 다솜이 바닥에 놓다 말고, 한쪽을 들어 올리고는 바닥을 살폈다. 뜀틀도 한 칸 한 칸 열어 안을 확인했다. 잘 쌓아져 있던 갈색의 나무 조각들이 흩어졌다 다시 하나로 합쳐졌다. 방금 깔린 매트도 가장자리 네 곳을 돌아가며 들어 위아래로 자세히 봤다. 다솜은 제법 심각한 표정이었다.

"아, 진짜 왜 안 오냐고. 답답해 죽겠네."

소리를 지른 다솜이 매트의 중간 부분을 들어 올리더니, 나무 바닥에 무릎을 대고 그 안으로 기어들어 갔다. 다솜의 움츠린 몸이 매트 가운데를 불룩하게 만들었다. 《어린 왕자》에서 본 코끼리를 삼킨 뱀과 같은 모습이라고 우혜는 생각했다. 그러다 우혜도 공간을 터 다솜 옆으로 따라 들어갔다. 바움과 미숙이 두 사람의 뒤에 무릎을 접고 바닥에 앉았다. 그러고는 매트 안으로 들어간 두 사람을 위해 바닥에 닿으려는 매트의 끝부분을 적당히 잡아 올렸다. 등에 닿는 매트의 무게가 꽤 무거울 것 같았다. 그러자 어둠 속 친구들의 엉덩이를 바라보는 꼴이 되었다. 눈이 마주치자, 누가 먼저랄 것도 없이 바움과 미숙이 웃음을 터트렸다.

"여기도 없을 것 같은데."

우혜는 조금 전 다정했던 박원의 목소리를 떠올리려 노력했다.

"오늘이 마지막이잖아. 나 진짜 장난하는 거 아니야."

둘이서 함께 보내던 어린 시절 그때의 모습처럼, 다솜은 아이 같은 목소리로 웅얼거렸다.

"미안. 니 말 믿을게. 그동안 계속 장난이라고 말해서 미안해."

두 사람의 머리가 향해진 매트의 끝부분이 바닥에서 살짝 뜨기 시작하자, 오후의 작은 빛이 들어오고 있었다. 다솜의 숙인 정수리를 그 빛이 어루만져 주는 걸 우혜는 가만 바라보다, 다솜의 손을 잡았다. 겹친 손들 위로 은색 반지가 빛을 받아 반짝였다.

"다른 데도 찾아봐. 아니, 같이 찾자."

예상치 못한 발소리가 체육관을 향해 다가오고 있었다. 실망스럽게도 또래의 무게감은 아닌 것 같았다. 그래도 다솜이 얼른 무릎으로 기어 매트 밖으로 나왔다. 따라 나온 우혜의 머리카락이 온통 헝클어져 있었다. 바움과 미숙도 자리에서 일어났다. 굴곡을 만들던 매트가 곧게 펴졌다. 다솜이 우혜의 머리카락을 쓸어내렸다.

밭은 숨을 뱉어내며 박원이 체육관의 뒷문을 손으로 짚고 서 있었다. 상담실에서 봤던 그 차분한 표정이 아니었다. 숨을 고르느라 구겨진 얼굴을 우혜가 바라봤다. 방금 전 다솜처럼 박원의 두 눈이 체육관의 여기저기를 살피고 있었다.

"얘들아, 혹시 교감 선생님 못 봤니? 여기 안 오셨어?"

"좀 전까지 저기 계셨어요."

미숙이 앞문을 가리켰다. 모두의 시선이 향한 곳에는 아무도 없었다.

"죄송해요."

텅 빈 운동장을 한 바퀴 뛰어서 다시 체육관 건물로 돌아왔을 때야 박원은 이선을 발견할 수 있었다. 출입문이 없는 쪽, 학교 밖으로 연결되는 담 사이 땅바닥에 이선은 엉덩이를 대고 앉아 있었다. 제멋대로 벌어진 다리는 발끝이 닿아 마름모꼴이었고, 굽은 등은 체육관 벽에 댄 채였다. 부신 해에 눈을 찡그리며 양팔로 제 어깨를 주무르는 얼굴이 언제나처럼, 무척이나 창백했다.

"죄송했어요. 지난번엔… 그리고 그동안도요, 모두…."

박원의 말 중간중간 거친 숨이 섞여 문장이 툭툭 끊겼다. 허리에 양손을 얹고 숨을 고르는 박원을 이선이 힐긋 보고는 끄응, 소리를 내며 자리에서 일어났다. 짚고 서느라 흙이 묻은 손을 털고 코트 여기저기도 마저 털어냈다.

"죄송은, 됐습니다. 그렇게 원하시는 대로 한 학기가 이제 다 지나가고 있어요."

이선이 뒤로 돌아 열린 창문에 고개를 대고 체육관 안을 들여다봤다.

"애들끼리 재미있게 지내고 있는 것 같아서, 이번만 넘어가는 겁니다. 다음 학기부터는 절대 안 됩니다."

아이들의 움직임을 따라 이선의 머리도 함께 왔다 갔다를 반복했다. 나무 바닥에 닿는 운동화의 마찰음 속에 간간이 낮고 높은 웃음소리, 그리고 더러는 박수 소리가 창문을 넘어왔다.

"그때… 같이 있던 젊은 남자, 혹시… 그 학생인가요?"

이선의 고개가 고장 난 로봇처럼 순식간에 멈췄다. 털커덕, 소리가 나는 것만 같았다.

"그 사고에서 살아남은… 맞나요?"

창문턱에 대고 있던 이선의 손가락들이 바들바들 떨렸다. 제멋대로 손목이 꺾이고 뒤틀리고 있었다. 그러다 오른쪽 무릎도 푹 꺾였다. 박원이 얼른 다가가 이선을 부축했다. 몇 번 숨을 크게 고르더니, 이선이 박원의 손을 떼어냈다.

"사람들의 오해가 가장 두려웠는데, 그래서 스스로를 숨기고만 살았는데요. 그런 제가, 제멋대로 교감 선생님을 오해했어요. 죄송해요."

몇 걸음 옮기지 못하고 이선의 다리는 다시 꺾였다. 달려간 박원의 손길을 이선은 한사코 거절했다. 잡히는 대로 한 손으로 체육관의 벽을 짚고, 이선이 힘없이 걸음을 옮겼다. 더는 이선을 붙잡지 못한 채 박원은 우두커니 서 있었다.

"그런데 오해가 두렵다니…."

천천히 멈춘 이선이 고개도 돌리지 않고 말했다.

"그건 또 무슨 뜻입니까? 뭘 숨겼다는 겁니까?"

제대로 듣지 않을 줄 알았다. 그저 진심 어린 사과를 전할 수만 있다면, 그걸로 족했다. 대답까지 바란 사과가 아니었다. 박원이 곁으로 다가갈 때까지 이선은 움직이지 않았다. 그러다 박원은 깨달았다. 어린 시절 어른들에게 가장 듣고 싶은 질문이었다. 뭐가 두려운지, 그리고 뭘 숨기고 있는지. 묻고, 답을 듣고, 이야기를 하고 싶었다. 언제나 누군가에게 기대하고, 결국은 실망해야 했던 숱한 순간들이 박원의 머릿속을 스쳐 지나갔다.

흔하디흔한 커피 체인점일 뿐인데, 들어서는 순간부터 이선은 호기심을 넘어 두려워하는 듯한 모습이었다. 밖이 훤히 보이는 통창 옆의 테이블도 모두 비어 있었지만, 굳이 창도 없는 가장 구석의 자리에 이선이 먼저 가 앉았다. 그러고는 끊임없이 실내를, 박원의 움직임을 그리고 박원이 사용하고 있는 키오스크를 하나하나 눈에 담았다.

노란색 머그컵이 테이블에 올라오자 이선이 두 손으로 따뜻한 컵을 감싸 잡았다. 제법 큰 규모의 실내에서는 빠른 비트의 노래가 크지 않게 흘러나오고 있었다. 유아차를 밀고 한 가족이 막 가게의 출입구로 들어오고 있었다.

"그런데 저기 저건 뭡니까?"

박원이 좀 전에 사용했던 출입문 앞의 키오스크를 이선이 가리켰다.

"요즘 많잖아요. 사용… 안 해보셨어요?"

오른손 엄지손톱을 물어뜯으며, 이선이 눈을 가늘게 떴다.

"옆에 일하는 사람이 있는데도, 그 기계로 주문한 겁니까?"

박원이 고개를 갸웃했다가 힘을 주어 몇 번 끄덕였다. 여전히 호기심 어린 눈으로 이선이 천장 이곳저곳을 살폈다.

"혹시… 이런 데 자주 안 오세요?"

"처음입니다."

한 모금을 크게 들이켜던 이선이 갑작스러운 뜨거움에 넘어오는 기침을 참지 못했다.

"그날… 이후로 처음이에요. 소원이랑 병원, 마트만 가니까요."

로봇처럼 높낮이 없는 목소리였지만, 오랜 제자의 이름을 부를 때만큼은 슬며시 이선의 얼굴에 미소가 번졌다. 몇 번 목을 가다듬고, 이번에는 조금 천천히, 훨씬 더 적은 양을 한 모금 머금었다. 창가에 자리 잡았던 유아차 속 아기가 자지러지게 울기 시작했다. 부모가 함께 일어나 아이를 향해 손을 뻗다, 그중 한 명이 얼른 아이를 들어 올려 안았다. 반사적으로 이선의 고개가 그쪽으로 돌아갔다.

"중학교 때 처음 알게 됐어요. 제가 다른 애들하고 다르다는걸요."

아기의 울음소리가 잦아들고 있었다. 다정하게 아기의 등을 토닥이는 소리가 음악 소리와 겹쳐 들렸다. 이선이 천천히 박원을 바라봤다.

"여자애들끼리 두어 명 이상 모이기만 하면, 온통 남자애들 얘기뿐이었어요. 이해가 되지 않더라고요. 그래서 친구들한테 물었죠. 그게 어떤 감정이냐고요. 나는⋯ 남자가 좋지 않다고요."

무언가 말하려는 듯 살짝 떨어졌던 이선의 입술이 다시 다물어졌다.

"유난히 말이 많던 동네에, 학교였어요. 그때는 지금보다 애들도 훨씬 더 많았잖아요. 삽시간에 소문이 나더라고요, 레즈비언이라고요. 복도를 지나가면 크게 눈치 주면서 피하는 애들도 있었어요. 사실 혼자인 게 불편하지는 않았어요. 저도 그런 애들이 불편했으니까요. 한때는 저도 남자가 안 좋으니 언젠가는 여자를 좋아하게 되는 건 아닐까, 생각했었어요."

"그게 무슨 큰일입니까? 아무나 좋으면 되는 거지."

조금은 사그라진 낯선 세상에 대한 긴장에, 이선이 소파에 등을 대고 기댔다. 딱 붙이고 앉았던 무릎 사이에도 적당한 공간이 생겼다. 노란색의 앞치마를 두른 직원이 케이크를 가져왔다. 제 앞에 놓인 케이크를 이선이 관심 어린 눈으로 바라봤다.

"그런데 그것도 아니었어요. 저는 여자도 좋지가 않아요. 그러니까 저는 여자도, 남자도 좋아할 수 없는 사람이에요. 제 선택도 아니고. 그냥 처음부터, 태어날 때부터요."

평생 목구멍에 걸려 있던 굵은 생선의 가시 같은 말이 기어코 튀어나왔다. 지금껏 그 누구에게도 해본 적이 없는 말이었다. 상상만으로도 언제나 깊은 상처만을 남길 뿐이었다. 언제까지고 심장 속 어딘가에 감춰두려던 이야기였지만, 지금 박원은 멈출 수가 없었다. 심장이 뻐근했다. 왼쪽 어깨와 팔뚝까지 결리는 것 같았다.

"무슨 소립니까? 그런 사람이 어디 있습니까?"

겨우 소파에 붙였던 등을 이선이 다시 떼어 테이블 가까이 몸을 기대어왔다. 박원에게 가까워진 이선의 두 눈이 확연하게 커져 있었다. 텅 비어 있던 눈동자도 조금은 짙어졌다. 몇 번 껌뻑이는 눈꺼풀이 무거웠다.

"그런 사람도… 있습니까?"

"저도 제가 어디가 잘못된 사람인 줄 알았어요. 그런 시간이 너무 오래였어요. 그런데, 맞아요. 이런 사람도 세상에는 더러 있어요. 전 세계 인구의 1퍼센트일 거라는 추측이 있으니, 어쩌면 '더러'보다 조금 더 많을 수도 있을 거예요."

늘 마음을 짓누르던 무거움의 정체를 박원은 오래도록 알지 못했다. 제대로 인식하게 되었을 때는 이미 세상과는 너무 먼 곳에, 혼자서만 깊이 뿌리내린 후였다. 영원히 그렇다고 해도 괜찮을 것 같았다. 너무 자주 격정적으로 슬프지는 않을 딱 그만큼만, 박원은 편안하고 곧 익숙하게 되었다. 이제껏 그것만이 박원의 세상 전부였다.

"사람들의 오해는 신물이 났었어요. 할 수 있는 거라고는 피하고, 감추는 것뿐이었고요."

다시 터진 아기의 울음에 잠시 머물렀던 가족은 자리를 정리했다. 드문드문 앉아 있는 사람들을 향해 남자가 고개를 숙여 인사했다.

"아기가 태어나서 쉬는 첫 숨이 들숨, 날숨 중에 뭘 거 같습니까?"

이선이 다시 등받이에 등을 기대고는 두 손으로 무릎을 감쌌다. 박원을 바라보는 눈길이 언젠가부터 조금은 편안해져 있었다.

"네?"

그런데도 아직 박원의 등은 곧추세워진 채였다.

"날숨입니다. 들숨이 아니라요. 엄마 뱃속에서 가득 머금고 있던 숨을 뱉어내면서 세상의 첫 숨을 들이켜는 겁니다. 가끔 숨도 쉴 수 없을 만큼 힘들 때는 가슴에 손을 얹고 깊이, 크게 끝까지 숨을 뱉어보세요. 그럼, 그다음으로 들어오는 숨이 조금은… 위로가 될 겁니다."

이제는 미지근하게 식은 컵을 이선이 두 손으로 받쳐 들었다.

**

결국 마지막 연습이 끝날 때까지 다솜이 찾는 친구는 나타나지 않았다. 벌써 예정된 시간을 10분이나 넘겼지만 아직 뜀틀을 치우지 못한 채였다. 이미 지쳤고, 오늘 한 번도 실패하지 않았는데도 우혜가 다시 구름판을 향해 달려 나갔다.

우혜와 새 수학 학원에 처음으로 가는 날이었다. 그래서 다솜도 더 이상은 지체할 수 없다는 걸 알고 있었다. 매트 위로 우혜가 안정감 있게 착지하자, 다솜이 일어나 구름판을 챙겼다. 그제야 미숙과 바움도 뜀틀을 한 칸씩 떼어냈다. 걱정이 가득한 눈으로 바라봐 주는 친구들에게 다솜은 괜히 크게 웃어 보였다.

휴대전화를 체육관에 두고 나온 걸 발견한 건 교실 건물에 다 왔을 때였다. 다솜은 혼자 빨리 달려갔다 오겠다고 말했다. 우혜가 다솜의 가방까지 가지고 나오기로 했다. 오늘은 바움과 미숙도 같이 하교하자고 이야기한 후였다.

예상대로 휴대전화는 바로 그 자리에 있었다. 다행이라고 생각하며 휴대전화를 집어 다솜이 굽혔던 허리를 펴 일어났다. 전원 버튼을 눌렀지만, 휴대전화는 켜지지 않았다. 아침에도 배터리가 거의 없었으니까 놀랄 일은 아니었다.

"오늘이 마지막이지?"

주머니에 휴대전화를 넣고 막 체육관을 나가려는 참이었다. 열린 뒷문만 통과하면 어긋났을 타이밍이었다.

"뭐야, 너 요즘 왜 안 왔어?"

성큼성큼 큰 보폭으로 다솜이 체육관의 중간을 가로질러 뛰어갔다.

"혹시, 너 나 기다렸어?"

"아니! 기다린 정도가 아니라 엄청 찾아다녔어!"

윤석이 빙그레 웃으며 늘 앉던 창가의 턱에 걸터앉았다. 당연한 듯 다솜도 그 옆으로 가 거리를 좁히며 앉았다.

"너 도대체 누구야? 본명이 뭐야? 응? 몇 반이야?"

휴대전화를 꺼내 다솜이 전원 버튼을 다시 눌렀다. 증거를 만들 중요한 순간이었다. 하지만 짧은 진동이 제대로 울리기도 전에 멈춰버렸다. 다솜이 제 손바닥에 휴대전화를 탁탁 세게 쳐댔다. 그런 다솜을 윤석이 따스하게 바라보고 있었다. 세상의 그 어떤 휴대전화나 카메라로도 찍을 수 없는 사진을, 눈으로라도 간직하려는 듯 다솜의 얼굴을 하나하나 세심하게 담았다.

"너는 진짜 운동을 제대로 배워보는 게 어때? 태권도나, 유도나, 아니면 복싱이나."

"안 그래도 다음 주에 복싱장 등록할 거야. 우혜가 같이 가준댔어."

결국에는 포기한 다솜이 휴대전화를 주머니에 쑤셔 넣었다. 교실에서 나온 친구들이 곧 도착할 것이었다. 그때까지 같이 있으면 될 거라고 다솜은 생각했다.

"지금처럼 친구들하고 잘 지내라! 운동도 열심히 하고, 힘도 더

세지고!"

윤석이 다솜의 어깨를 살포시 잡았다 놓았다.

"무슨 소리야. 이름이나 말해! 명찰 어딨어?"

"나 간다."

다솜이 붙잡을 겨를도 없이 자리에서 일어난 윤석이 앞문을 향해 걷기 시작했다. 다솜도 얼른 자리에서 일어났다. 오늘은 이름을 꼭 알아내야만 했다. 사진은 못 찍었지만, 아직 확인하지 못한 명찰이라도 꼭 봐야 했다.

그런데도 다솜의 두 발이 움직이지 않았다. 거짓말처럼 바닥에 붙여놓기라도 한 듯 떨어지지 않았다. 당황한 다솜이 허공에 두 손을 허우적댔다. 멀어지는 윤석의 뒷모습을 잡고만 싶었다.

"이선 쌤한테 전해줄래? 쌤도 이제는, 쌤의 뜀틀을 넘으시라고."

윤석이 돌아보자 허공을 가르던 다솜의 손이 얌전해졌다.

"이선 쌤이 누구야?"

"너는 교감 쌤 이름도 모르냐?"

"이름이 뭐냐, 성함이라고 해야지. 근데 너는 교감 쌤 이름을 어떻게 기억해? 교감 쌤은 그냥 교감 쌤인데…."

"성함이라며…."

"여튼… 아니, 그게 중요한 게 아니라. 그리고 너 어디 가는데?

멀리 가?"

어쩐지 눈물이 맺혀 있는 것 같았다. 두꺼운 뿔테 안경 너머 큰 눈에 물기가 일렁였다. 제 눈도 똑같이, 그렁그렁해지는 걸 다솜은 느낄 수 있었다. 왜인지 마지막일 거라는 느낌이 들었다.

"그리고 이제는… 꼭 행복해지시라고도 전해줘."

"그걸 왜 내가? 무슨 소리야?"

천장을 윙윙 울리는 제 목소리에 다솜은 새삼스럽게 정신이 번쩍 들었다. 영화 속처럼 멈췄던 세상이 다시 깨어난 것 같았다. 힘을 주니 다리가 움직였다. 윤석은 이미 사라지고 없었다. 윤석이 나갔을 앞문을 향해 다솜이 달려갔다. 어디에도 윤석의 흔적은 없었다. 비어 있던 운동장에서는 축구를 하는 아이들이 흙먼지를 달고 뛰어다니고 있었다. 손을 흔들며 친구들이 다솜을 향해 다가오고 있었다.

13

모처럼 밤새 한 번도 깨지 않고 내리 잤다. 방문을 울리는 엄마의 노크 소리에도 덕분에 짜증이 나지 않았다. 이제는 휴대전화의 알람만으로도 혼자 잘 일어날 수 있는데. 엄마는 아직도 매일 아침 알람 시간보다도 5분은 먼저부터 방문을 두드렸다. 초등학교 때는 아예 방으로 들어와서 깨웠는데, 그나마 이것도 중학교에 들어오면서부터였다. 오늘처럼 짜증 없이 일어나기가 쉽지 않지만, 엄마가 그런 나를 납득하고 이해할 때까지 조금은 더 참아봐야겠다고 바움은 생각했다.

왜인지 정신만큼 몸은 개운하지 않았다. 이불 속에 있는 다리를 발끝부터 천천히 움직여봤지만, 딱히 아픈 곳은 없었다. 머리 위로 손을 서로 잡아 천천히 늘이며 기지개를 켰다. 역시나 어디도 아프지 않았다. 그런데도 겪어보지 못한 불편함이 남았다. 상체를 일으켜 침대에 걸터앉았을 때, 헝클어진 머리카락을 손으로 빗어 묶으며 정확하게 아랫배가 뻐근하다는 걸 바움은 깨달았다.

어제는 저녁도 많이 먹지 않았다. 남들보다 많이 먹지도 못하지만 소화를 할 수도 없으므로 늘 저녁 식사는 더욱 신경 써서 챙겨왔다. 체한 건 아닌 것 같았다. 침대를 손으로 짚고 일어서는데 허리도 묵직하게 느껴졌다. 침대 옆 테이블에서 휴대전화를 집어 올릴 때 아랫배에 찌르르 갑자기 전기가 통하는 것 같은 느낌까지 있었다. 바움은 다시 침대에 앉았다.

이제는 자연스러운 습관대로 바움은 휴대전화를 열어 단톡방으로 들어갔다. 다른 날보다 일찍 일어난 다솜이 아침 인사를 시작하자 연이어 우혜와 미숙도 대화를 이어갔다.

[나 지금 몸이 좀 이상해.]

바움이 메시지를 보내자, 거의 동시에 세 개의 메시지가 뒤를 이었다. 걱정과 함께 증상을 묻는 다정한 말투들이었다.

[배가 아파. 평소랑은 다르게.]

심각한 건 아니라는 걸 확인한 다솜이 웃고 있는 이모티콘을 보냈다.

[혹시, 꾀병 아니야? 오늘 뜀틀 수행평가 날이라서?]

우혜도 다솜처럼 웃는 이모티콘을 보냈다.

　　　[그날 아니야?]

얼마 전까지만 해도 대화 명 없이 사진만 올려두었던 미숙의
프로필에 미숙의 이름이 쓰여 있었다. SNS에서 사용하던 지영이
아닌, 진짜 이름이.

　　　[그날? 그날이 뭐야?]

여자들만의 암호를 이해를 못 하는 바움의 반응에 우혜가 물음
표를 열 개쯤 연이어 적었다.

　　　[너 혹시 아직 안 해?]

　　　[뭘?]

　　　[생리!]

머리로만 알고 있는 일이었다. 조만간 마주하게 될 거라 막연하
게만 생각했었다. 그게 오늘일 거라고는 당연히 알지 못했다. 그
래서 바움은 당황스러웠다. 반사적으로 아랫배를 감싸 쥐었다.

　　　[빨리 화장실 가봐.]

반짝이는 금빛 은빛 응원 수술을 들고 요란스럽게 점프하는 이
모티콘 역시 다솜이 보낸 것일 터였다. 바움은 휴대전화를 닫고
책상 위 철제 상자를 열었다. 이날을 위해 작년에 준비해 뒀던 것
이었다. 대형 마트에서 엄마의 설명을 들으며 바움이 처음으로 구
입했던 생리대와 비상약이 들어 있었다.

"아유, 이런 애도 생리를 해요? 하면 안 될 텐데….”

바움의 얼굴과 손에 들린 생리대를 번갈아 보며 인상을 구기던 중년의 여자에게, 엄마는 화를 내는 대신 차분하게 웃어 보였다.

"그럼요. 여자니까요.”

엄마에게 배웠던 생리대 사용법을 상기하며, 바움이 상자 속의 생리대를 하나 집어 들었다. 방문을 열다가 멈칫한 바움이 휴대전화를 다시 집어 들었다. 미숙의 프로필을 불러내 바라보다 제 것을 터치했다. 외로운 알파벳 한 글자, B 옆에 소문자들을 적어갔다. 깊고 크게 뿌리내리면서 살 수 있을지는 여전히 모르겠지만, 이제는 조금은 그럴 수 있다면 좋겠다는 욕심이 생겼다.

Baum. 역시나 예쁜 이름이긴 했다.

교실로 뛰어 들어오는 다솜의 발에 용수철이라도 달린 듯했다. 평소보다 두세 배쯤 더 발간 얼굴로 오르는 흥을 주체하기 힘들다는 걸 한껏 표현하고 있었다. 교실은 겨우 2층인데도, 얼마나 뛰었는지 다솜의 이마에는 땀이 맺혀 있었다. 계절은 이미 한여름이었다.

가방도 내려놓지 않고 다솜이 바움의 자리로 다가왔다. 숨을 고르는 모양이 아마도 내내 달려온 것 같았다. 단 두 개뿐인 바지 주머니를 뒤지는 손이 분주했다. 그러고는 바움의 얼굴 앞으로 다솜이 생리대를 들이밀었다. 편의점에서 파는 4개들이었다.

"축하해!"

놀란 바움의 손에 억지로 생리대를 쥐어 주고는 박수까지 치며, 다솜이 바움의 주변을 빙빙 돌았다. 흥얼흥얼 신나게 콧노래도 불렀다. 작은 소란에 반 아이들의 시선이 집중되었다가 금방 제자리도 되돌아갔다. 우혜와 미숙도 다솜의 옆으로 와 섰다.

"약은 있어? 많이 아프지 않고?"

바움이 고개를 끄덕였다. 소란을 피우는 다솜 때문에 조금 창피하긴 했지만, 그래도 친구들에게 둘러싸여 받는 낯선 축하가 바움은 싫지 않았다. 아니, 행복했다.

"왜 하필 오늘이야."

바움이 다솜처럼 장난스러운 표정을 지었다.

"그러게, 안 그러면 멋지게 뜀틀 넘었을 텐데. 그치?"

미숙이 바움의 어깨에 손을 얹으며, 바움처럼 아랫입술을 내밀었다.

"그러니까 대충 뛰어."

우혜가 바움의 머리를 살살 쓰다듬었다. 눈이 마주치자, 네 사람의 웃음소리가 교실 여기저기로 퍼져 나갔다.

"이러면 어때?"

바움에게 쥐어줬던 생리대를 다시 거둬들여 다솜이 입구를 뜯었다. 가방을 열어 필통을 찾아 네임펜을 꺼내고는, 생리대 하나를 집어 그 위에 글씨를 썼다. 다솜이 써가는 글씨를 세 사람이 눈으로 좇았다.

'바움 첫 생리 기념'.

다솜은 글씨 옆에 작은 하트도 그려 넣었다.

"와, 좋다!"

우혜도 생리대를 하나 꺼내고, 다솜이 건넨 네임펜을 받았다.

"뭐가 좋아, 아유 진짜."

만류에도 불구하고 미숙까지 동참하자, 바움은 그저 웃는 것밖에 방법이 없었다.

"나는 날짜 적을게. 여기에도 하트 그려야겠다."

떠들썩한 아침의 교실, 그 풍경엔 언제나 바움 자신은 없었다. 무리 지어 아침 인사를 나누고, 웃고 장난하는 아이들을 바움은 언제나 멀리서, 물끄러미 바라보기만 했었다. 괜찮다고 생각했는데, 한 번도 외롭지 않았었는데. 그 시간이 외로움으로 차 있었다는 걸 바움은 이제야 확실히 알게 되었다.

다시 생리대를 모은 다솜이 봉지에 넣어 바움에게 내밀었다.

"잘 간직하시게나, 친구."

늘 바깥에서 바라만 보던 풍경 안으로 들어와 있는 지금이 바움은 꿈속 같았다. 그래서 어젯밤에 꿈도 꾸지 않고 잤던 걸까. 바움이 생리대를 받아 가방 주머니에 넣었다.

"고마워."

스케치북 한 더미를 품에 가득 안고 미술실로 들어오는 경복의 표정에는 많은 것들이 담겨 있었다. 여느 때처럼 한 명 한 명 아이들의 얼굴을 눈으로 담으면서도, 어딘가 먼 곳을 바라보는 것도 같았다. 한 번도 본 적 없는 하얀 셔츠와 정장 바지, 그리고 반짝이는 검은색 구두까지. 어쩌면 그래서일지도 모르겠다고 바움은 생각했다.

"쌤, 오늘 너무 멋져요!"

스케치북을 교탁 위에 올려놓고 앞으로 나와 서는 경복을 향해 환호가 터져 나왔다.

"평소에는 안 멋있었다는 뜻이야?"

경복이 셔츠의 손목 단추를 풀고, 소매를 몇 번 접어 올렸다.

"마지막 수업이라 입으신 거예요?"

대답 대신 웃는 경복의 양 볼에 깊은 주름이 파였다. 숙인 고개의 정수리가 거의 백발이었다.

"생활한복을 다 빨아서 입을 게 이것밖에 없었어."

순간 괜스레 숙연해졌던 분위기가 다시 풀어졌다. 웃는 아이들의 곁을 천천히, 산책하듯 경복이 걷기 시작했다.

"너희 그림들이 다 좋아서, 오랫동안 살펴봤어. 한 학기 동안 다들 열심히 해줘서 고마웠다."

경복의 움직임을 따라 아이들도 모두 고개를 움직였다.

"너희가 그린 그림 뒷장에 감상평, 아니지 마지막 편지라고 할까. 여튼 써놨으니까, 확인하면 되고."

한 바퀴를 다 돌고 교탁으로 돌아온 경복이 가장 위에 놓여 있던 스케치북을 들어 올렸다.

"그중에 가장 인상적이었던 하나만 같이 볼까?"

경복이 팔을 쭉 뻗어 스케치북의 갈색 표지를 열었다. 그러고는 교실 안 모두가 잘 볼 수 있게 교탁 옆 이젤 위에 펴서 올렸다.

거친 듯하면서도 부드러이, 유려하게 연결된 검은 선들이 세로로 놓인 스케치북의 오른쪽 면에 자리 잡고 있었다. 바람에 날리는 듯 구불구불한 머리카락들 사이의 공간도 세심하게 표현되어 있었다. 곧게 뻗은 팔과 다리에서는 힘이 느껴졌다. 선으로만 그린 얼굴은 분명 웃고 있는 것 같았다.

웅성거림이 잦아들고 모두가 그림에 집중했다. 경복 역시 그림에서 조금 떨어져, 팔짱을 끼고 바라봤다. 어디선가 시작된 박수가 천천히 번져 오래도록 이어졌다. 함께 박수를 치던 경복이 아이들의 얼굴과 미술실 여기저기를 사진 찍듯 눈으로 담았다.

"친구를 얼마나 자세히 관찰했고, 무엇보다 얼마나 애정을 갖고 그렸는지가 느껴지는 그림이었어. 아름답다, 라는 말로는 부족할 만큼."

경복과 눈이 마주치자, 바움이 조별 책상 건너편에 앉은 미숙을 바라봤다.

"바움이는 앞으로 그림 그려보는 게 어떠니? 한번 생각해 봐."

"에이 쌤, 우리 나이 때 장래 희망은 3개월 후 저녁 메뉴라면서요!"

놓칠 리 없는 녀석들이 소리를 질러댔다.

"벌써부터 치킨이라고 정해놓은 사람이 여기 있었던 것 같은데?"

웃는 아이들 사이로 바움과 미숙이 서로를 바라보고 있었다. 한낮의 햇빛을 받은 다른 길이의 그림자들도 서로를 향해 웃고 있었다. 스케치북의 비어 있는 왼쪽 공간 너머로 어쩌면 바움이 앞서 걸어가고 있을 것 같다고 미숙은 생각했다.

**

교복처럼 입었던 겨울 코트가 없는데도, 이선은 자꾸만 가상의 코트 자락을 만지고 있었다. 얼마만의 반소매인 건지, 검은색 여름 니트의 소매 아래로 드러난 팔뚝이 창백한 얼굴보다도 훨씬 더 파리했다. 또 몇 년 만인지, 미용실에서 자른 머리카락은 매일 빗질을 했을 뿐인데도 몰라보게 차분해져 있었다.

1학년 교무실 밖의 복도 창가에 이선이 기대어 서 있었다. 자꾸만 운동장으로 향하는 시선을 억지로 참아보려 발끝에 힘을 준 채였다. 진동이 제법 거세게 허벅지를 울렸지만, 한참이 지나서야 이선은 제 것인 걸 알아차렸다. 지난주에 처음으로 산 스마트폰이었다.

박원이 알려준 대로 네모난 버튼을 터치하고, 비밀번호를 누르자 홈 화면이 나왔다. 혹시나 잘못 누를까, 긴장이 잔뜩 실린 검지로 알림이 뜬 메시지 그림을 눌렀다. 다행히도 한 번에, 화면 가득 글자들이 올라왔다. 박원이 글씨 크기를 제법 크게 조정해 줬는데도, 단박에 초점이 맞지 않았다. 팔을 앞으로 뻗어 휴대전화를 적당히 멀리 들고, 글자가 선명하게 보일 때까지 잠시 기다렸다. 주말에는 돋보기안경을 꼭 사야겠다고 이선은 생각했다.

[어젯밤 꿈에 윤석이가 나왔어요. 처음이에요. 쌤 꿈에도 한 번도 안 왔었잖아요. 넓은 들판 같은 곳이었는데, 노란색 나비들이 가득 날아다니고 있었어요. 뒤에 하늘은 구름 한 점도 없이 맑고, 햇볕도 따뜻했어요. 그날처럼요. 그런데 윤석이가 웃고 있더라고요. 원래도 잘 웃는 녀석이었잖아요. 그런데 그것보다도 훨씬 더 밝게, 환하게 저를 보면서 웃고 있었어요. 윤석이를 꿈에서 만

나면 슬프기만 할 거라고 생각했었는데, 깨고 나서도 이상하게 눈물도 나지 않았어요. 오히려 그날 이후로 처음으로 마음이 편안해졌어요. 진짜 이상하죠. 여행을 다녀오려고 해요. 혼자는 처음이라 조금 겁이 나긴 하는데, 왠지 잘할 수 있을 것 같아요. 그러니 걱정하지 마세요. 자주 연락드릴게요!]

눈과 함께 입을 들썩여 소리 없이 함께 읽어내린 이선이 스마트폰을 두 손으로 감싸 가슴에 가져다 댔다. 눈을 감고, 몇 번 입으로 길게 숨을 뱉어냈다. 마치 살아 있는 생물인 양 스마트폰을 다정하게 쓸어내렸다.

"기도하세요?"

"아, 뭡니까. 기척이라도 하시지. 깜짝 놀랐습니다."

화들짝 눈을 뜬 이선이 창가로 몸을 바짝 기댔다.

"기척 했어요. 교감 선생님이 못 들으신 거예요."

눈이 마주치자, 두 사람이 반대 방향으로 얼른 고개를 돌리며 동시에 웃었다. 들썩이는 등의 리듬, 호흡이 비슷했다.

"지금 뜀틀 수행평가 하러 가는 길인데, 같이 가실래요?"

이선이 조심스럽게 휴대전화를 바지 주머니에 넣고 있었다.

"됐습니다. 이제 애들 감시하는 거, 그만하라면서요!"

말하면서도 자꾸만 운동장을 향해 돌아가려는 제 어깨를 이선이 양팔을 교차해 꽉 잡았다.

"알겠습니다."

박원이 이선을 향해 고개를 살짝 기울여 인사했다. 손에 들고 있던 호루라기를 목에 걸며, 박원이 이선에게 등을 보였다.

"것보다, 그때 그 카페에서 먹었던 그 폭신폭신하고, 부드럽고, 그 뭐냐… 여튼 그건 이름이 뭐였습니까?"

"수플레 케이크요? 왜요? 또 드시고 싶으세요?"

몸을 다시 돌려 다가온 박원의 표정이 환해졌다.

"뭐, 아무 데다 다 팔고… 그런 겁니까?"

터지려는 웃음을 박원이 간신히 참고 있었다. 이선과 자신이 어쩐지 비슷해 보이기도 한다던, 언젠가의 경복의 말이 떠올랐다.

"오늘 퇴근하고 드시러 가실래요?"

눈을 크게 뜬 채 대답을 기다리던 박원이 고개를 돌리고서야 참았던 웃음을 터트렸다.

"뭐, 그러시든가요!"

등 뒤에서 울려퍼지는 이선의 목소리가 제법 컸다.

＊＊

"그림, 진짜 잘 그렸더라."

예상외로 많은 아이들이 뜀틀을 넘지 못하고 있었다. 조별로 모여 앉은 아이들은 그럼에도 서로를 응원하고, 박수를 치고, 함께 웃었다. 누가 넘고, 넘지 못했는지는 이미 중요하지 않았다.

"나도 몰랐어. 나한테 그런 재능이 있는 줄은."

다음 주자의 출발을 알리는 박원의 호루라기 소리가 체육관에 크게 울려 퍼졌다.

"나, 미국 안 가기로 했어."

"왜?"

마지막 순서를 기다리기에 지루했는지, 다솜과 우혜가 출발선 근처에서 다른 조 아이들을 응원하고 있었다.

"니가 뜀틀 넘을 때까지 가르쳐줘야지. 그러고 나면 가는 거 생각해 보던가."

"평생 못 가겠네."

바움이 쯧쯧, 소리까지 내며 고개를 여러 번 가로저었다.

"그럼, 그러던가."

미숙이 양어깨를 으쓱해 보였다. 매트 위에 정석의 자세로 착지한 두 다리가 곧게 펴졌다. 동시에 박수와 환호가 터져 나왔다. 박원도 매트를 향해 힘껏 박수를 보냈다. 다솜이 아침, 단톡방에 보냈던 이모티콘처럼 가상의 응원 수술을 쥔 듯 두 손을 세차게 흔들어대고 있었다.

"그리고 다음 주에 오디션 보기로 했어."

"이번에는 또 어디야? 또 이상한 놈 아니지?"

다른 조 무리에 섞여 있던 다솜과 우혜가 두 사람의 근처로 달려왔다. 여전히 입으로는 응원을 따라 하고 있었다.

"이따가 같이 봐줘."

"그래."

바움의 옆에 자리를 잡던 다솜이 무언가 생각난 듯 일어나 주머니를 뒤졌다.

"너 또 그 싸움 수첩이야?"

우혜가 바움에게 몸을 붙여 앉으며, 다솜의 움직임을 바라봤다.

"아니, 우리 복싱장 거울에 붙어 있는 건데, 너희들한테 읽어주려고 써 왔지."

몇 번이나 접힌 꼬깃꼬깃한 종이를 펴며 다솜이 다리를 어깨너비로 조정했다. 어깨에 힘을 잔뜩 주자 허리가 곧게 섰다. 고개를 절레절레 흔들면서도, 우혜는 다솜에게서 눈을 떼지 못하고 있었다. 미숙이 마룻바닥 위에 앉은 채 엉덩이로 이동하며 다솜 곁으로 다가갔다.

"연습은 시합같이, 시합은 연습같이!"

목소리를 가능한 한 낮고 굵게 만들며, 준비한 글을 읽는 다솜의 표정이 제법 비장했다.

"몸은 빠르게, 정신은 차분하게!"

다솜을 힐긋 올려다본 바움의 입꼬리가 슬며시 올라가기 시작
했다.

"타이밍이 스피드를, 정확도가 파워를 압도한다!"

결국 참지 못한 미숙이 먼저 웃어버리자, 바움이 두 손으로 얼
굴을 가리고 몸을 앞으로 숙였다. 들썩이는 바움의 등에 미숙이
손을 대고 고개를 묻었다. 우혜가 무릎으로 일어나 다솜이 들고
있는 종이를 뺏어 제 손으로 가져갔다.

"뭔가 점점 안 맞잖아."

그러고는 손에 든 종이를 다솜 대신 읽기 시작했다.

"왼손이 세계를 제패한다?"

장난스러운 표정과는 달리, 얼굴 근처까지 위로 올린 다솜의 두
팔은 글러브 없이도 제법 자세가 그럴싸했다. 내민 왼발에 힘을
주고 허리를 돌리자 원, 투 주먹이 앞으로 곧게 나왔다.

"복싱은 팔이 아니라 허리로 때린다? 아유, 진짜, 어다솜!"

선이 가 있는 대로 우혜가 종이를 다시 접어 바지 주머니에 넣
었다. 가볍게 발을 구르며, 주먹을 뻗었다가 가드를 만들며 다솜
이 세 사람의 주변을 돌고 있었다.

마지막 조를 부르는 박원의 호루라기 소리가 길게 울렸다. 자리
에서 일어난 네 사람이 속도를 맞춰 출발선 뒤편으로 들어갔다.

"누구부터야?"

네 사람이 파이팅을 외치기 위해 손을 모았다. 바움의 손 위치까지 세 사람이 허리를 굽혀 손을 맞댔다. 파이팅을 외치는 다솜의 목소리가 다른 세 사람을 모두 합친 것보다 훨씬 더 컸다. 바움이 출발선 앞으로 향했다.

미숙이 알려줬던 순서를 바움은 마지막으로 되뇌었다. 방금 전 다솜이 읽어줬던 문장들이 자꾸만 끼어들며 방해를 했다. 그래서 비집고 올라오는 웃음을 참느라 잠시 눈을 감았다 떴다. 다른 조 아이들도 하나둘 자리에서 일어나 바움에게 집중하기 시작했다. 그런데도, 어쩔 수 없이 빨라지는 심장박동이 이제는 예전처럼 두렵지만은 않았다.

나는 분명히 뜀틀을 넘지 못할 것이다. 체육관 중간에서 나를 기다리고 있는 뜀틀은 내 키만큼이나 크다. 걸을 때마다 비틀어지는 오른쪽 발은 구름판을 밟기도 전에 지칠 것이다. 짧은 팔은 뜀틀의 가장 위 칸조차 제대로 짚지 못할지도 모른다. 아마도 평생, 나는 뜀틀을 넘지 못할 것이다. 세상은 나에게 너무나 크다. 그리고 세상에 비해 나는 너무나 작다.

등 뒤로 다솜이 목청껏 지르는 응원 소리가 들렸다. 저러려고 오늘 급식을 두 번 먹었던 걸까. 시끄러워서 집중이 안 되었다고 핑계를 대야겠다.

박원이 호루라기를 짧게 불었다. 바움의 두 발이 하얀색 출발선을 넘어가고 있었다.

작가의 말

저 역시 학창 시절 내내 단 한 번도 뜀틀을 넘지 못하는 아이였습니다.

한여름 작열하는 햇빛, 작은 움직임에도 쉬이 사방으로 흩날리던 모래바람, 운동장 한가운데 놓여 있는 뜀틀을 향해 출발선에 설 때면, 체육복 안 등줄기를 타고 흐르던 땀은 꼭 날씨 때문만은 아니었습니다. 다른 아이들은 좋아하는 체육 시간이 언제나 두려움과 고통이었고, 결국에는 그런 바보 같은 나 자신을 미워하며 살아왔습니다.

《뜀틀, 넘기》는 '우정'과 '성장'에 대한 이야기입니다.

소설 속 인물들이 마음을 나누며 같이 성장해 나가기를 바랐습니다. 아이에게도 어른에게도 언제나 처음인 오늘, 이 순간을 모두가 찬란하게 맞이하며 함께 울고 웃을 수 있기를 응원했습니다.

그런데 이상하게도, 소설을 마친 후 오히려 제가 조금은 성장한 기분이었습니다. 언젠가부터 소설 속 인물들이 차례차례 다가와 제게 위로를 건넸습니다.

그렇게 저는 뜀틀 넘기에 실패한 후 운동장 구석에 혼자 앉아 있는 어린 시절의 나를 만나 안아줄 수 있었습니다. 그렇게나 듣고 싶었던 '괜찮다'는 말을 전해줄 수 있었습니다. 이제야 비로소 지금의 나를 있는 그대로 받아들이고, 이해하며, 사랑할 수 있을 것 같습니다.

이 소설을 읽은 여러분도 조금은 저와 같은 마음이라면 좋겠습니다. 여전히 함께 살고 있는 여러분 마음속의 어린 자신을 만나

이해하고, 용서하며, 안아줄 수 있기를 바랍니다.

　그렇게 모두가 마음속 저마다의 뜀틀을 넘고, 조금은 더 행복해

진다면 좋겠습니다.

　가족과 친구들,

　그리고 김혜정 편집자님께 감사의 마음을 전합니다.

2024년 겨울 박찬희

뜀틀, 넘기

초판 1쇄 인쇄 2024년 12월 12일
초판 1쇄 발행 2024닌 12월 27일

지은이　　박찬희

총괄　　　김명래
책임편집　김혜정
디자인　　zincbook
책임마케팅 김서연, 김예진, 김소희, 김찬빈, 박상은, 이서윤, 최혜연, 노진현, 최지현, 최정연,
　　　　　　조형한, 김가현, 황정아

마케팅　　최혜령, 도우리
경영지원　백선희, 권영환, 이기경
제작　　　제이오

펴낸이　　서현동
펴낸곳　　㈜오팬하우스
출판등록　2024년 5월 16일 제2024-000141호
주소　　　서울특별시 강남구 테헤란로 419, 11층 (삼성동, 강남파이낸스플라자)
이메일　　info@ofh.co.kr

ⓒ박찬희 2024
ISBN 979-11-94293-78-1 (43810)

한끼는 ㈜오팬하우스의 출판브랜드입니다.

· 이 책은 저작권법에 따라 보호받는 저작물이므로 무단전재와 무단복제를 금지하며, 이 책 내용의
　전부 또는 일부를 이용하려면 반드시 저작권자와 ㈜오팬하우스의 서면동의를 받아야 합니다.
· 책값은 뒤표지에 표시되어 있습니다.
· 잘못된 책은 구입하신 서점에서 바꿔드립니다.